下北沢で
あの日の君と
待ち合わせ

Meeting with you
on that day
in Shimokitazawa

神田茜

光文社

下北沢であの日の君と待ち合わせ

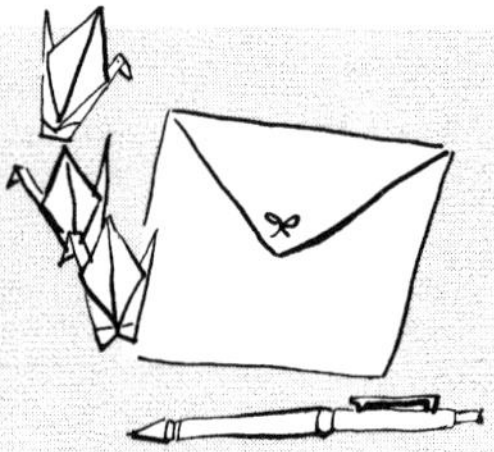

目次

イエローポリ袋 5

下北スイート 17

カレーパンサイドライン 69

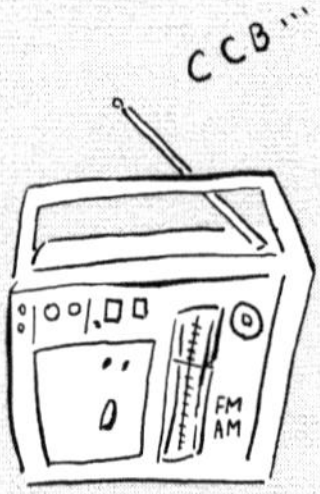

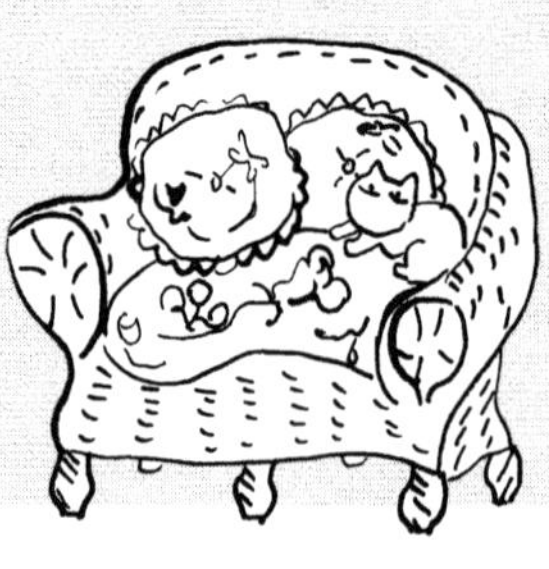

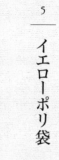

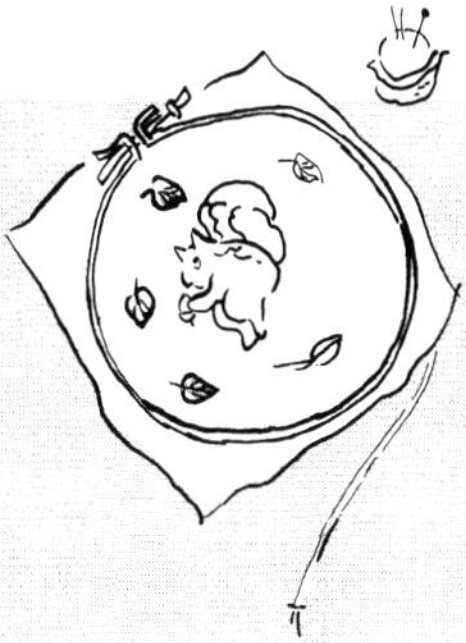

しあわせパン工房　107

みそパンワイド　144

かたばみの葉　175

謎のチカラパン　230

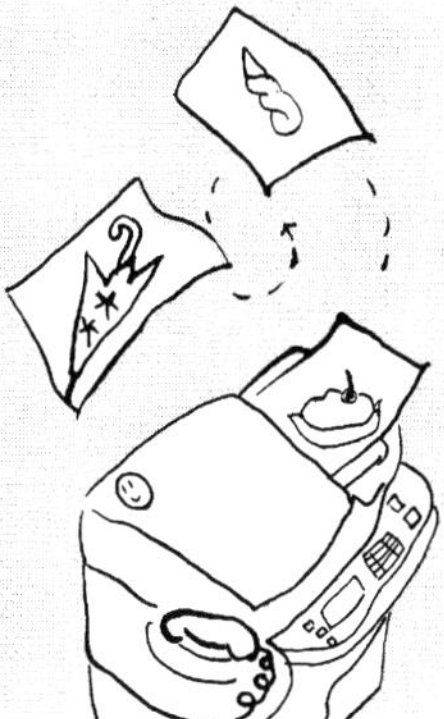

起《お》こし文《ぶみ》製作……山岡　進
店舗ロゴ…………水森亜土
写真……………西澤裕治
装幀……………bookwall

イエローポリ袋

朝がた見た夢のなかで、下北沢《しもきたざわ》南口商店街を歩く中島《なかじま》みゆきさんとすれ違った。

それは十九歳のわたしが下北沢のパン屋さんで働きながら、実際に夢見ていたことだ。

かなえられないままだったことを、その夢で思い出した。

「昔のでっかい夢を思い出したってことはな」

まどろみのなか誰かの声がする……これは、ちはるだ。

「今までおまえが、ちっちゃい夢を一個一個、がんばってかなえてきたからだ」

ちはるにまた褒《ほ》めてもらえた。

「えらかったな。よくやったぞ」

自分の泣き声で目を覚ました。


新宿発の小田急《おだきゅう》線は平日とあって空席がある。下北沢までほんの数分なので、つり革につかまり窓の外をながめることにした。

午前中の飛行機で北海道を発《た》ち、高速バスで新宿までのあいだ座りっぱなしだった。硬くなった筋を伸ばすようにつま先立ちをしてみた。

「三十年といえば、生まれた子どもが三十歳の大人になっているってことか……」

あたりまえのことをあらためて頭のなかでさらっても、その長さが実感できない。でも確かにわたしの肉体は、かすみ目と口の乾きに悩む中年になっている。

トートバッグから飴《あめ》を取り出して口に入れた。

進路を見失っていたころの一年半、わたしは下北沢に住んだ。あのときすでにオンボロだったアパートはなくなっているはずだが、外観ははっきりおぼえている。壁も窓もすべて木造の茶色一色の建物だ。

アパートからバイト先に向かう途中にジャズ喫茶があった。そばを走る電車の車輪音がなぜだか馴《な》染《じ》む、ヨーロッパの芸術家がアトリエにしていそうな白い家だ。格子《こうし》状の桟《さん》が若葉色にぬられたガラス扉はアーチ形で、入り口を覆《おお》うように茂った小さい葉や細《ほそ》い葉の観葉植物。扉上の茶色い雨よけには、ぽってりした白い字で「ＪＡＺＺマサコ」と書かれていた。

十九歳だったわたしは、あのマサコを下北沢の象徴のように感じていた。ひとりで音楽を聴き、本や漫画を読みながら、胸のなかで夢の焔《ほのお》をもやしているような若者が集まる街。

高いビルなど見あたらない。小さな商店と飲食店が肩寄せ合う街並み。アパートを改装した芝居小屋や地下室を使ったライブハウスがあり、なにかを表現したい者たちが行き交った。飾られても洗練されてもいない。明るい舞台に上がる日までじっくりと力を蓄《たくわ》えるような、たとえば焼かれる前のパン生地が発酵の時間を待つような、そんな場所が下北沢だ。

アパレル業界人を目指して上京し、挫折したわたしにとっては逃げ場所だったのかもしれない。青《あお》山《やま》にも代官山《だいかんやま》にも近づけず、どこかなつかしい田舎《いなか》の匂いがする街に引き寄せられた。

車両が揺れてつり革がきゅっと音をならす。

冷房が効いていて忘れそうだが、七月終わりの午後二時前だ。車窓を過ぎる街路樹の葉が日差《ひざ》しに炙《あぶ》られて見える。冷房の風にのって制汗剤の匂いが漂う。

電車は代々木上原《よよぎうえはら》を出てからスピードをあげないまま地下にもぐった。下北沢駅の地下化が完了したとニュース番組で報じていたが、このことか。

あのころの駅舎は下北沢をつくる街の一部分だった。転ぶと痛そうなコンクリートの階段。青緑色のむき出しの鉄筋。ベンチには昼でも酔いつぶれた若者が寝ころがっていた。駅近くの線路をわたる道路は、「開かずの踏切」といわれた。ラッシュ時は二十分間もカンカンなったままで、遮断機の両側でイラついている大勢の顔が駅のホームから見えた。

あの駅舎は、開かずの踏切は、今はもう存在しないということか。

電車が地下に入ると耳に車輪音だけがひびいてくる。窓に黒い幕が下りて、どこかちがう時空に向かっているような気がした。

瞬間、ぞっとしてひざがゆれた。窓ガラスに目が黒く空洞になった顔が映った……と思ったが疲れた自分の顔だった。

わたしは今日、住んでいた街をなつかしみに行くわけではない。あのときからずっと遠ざけていた街に心を決めて向かうのだ。本当は三十年もたつ前になんども遊びに行ったってよかった。息子を連れて、お母さんがいた街だよとはしゃぎながら。それができなかった。

まっさらな白い壁と白い柱が、まるで下北沢らしくない地下の駅でドアが開く。

長いエスカレーターで運ばれながら、変わってしまった街を見るのが怖くなった。時の流れを確認して、いったいその先になにがあるのか。

あのときのわたしの愚《おろ》かさを笑い話にできるのか。それとも罪悪感に苦しむことになるのか。答えを少しも想像できない。

怖さを振り払うために下北沢での淡い恋の記憶をたどった。彼はあれからどんな人生を生きただろう。夢をかなえたのだろうか。

地上改札口には面影《おもかげ》のかけらもなく、そこを出た通りのわきに面食らった思いで立ちつくした。ゆっくり周囲を見回すと、駅があった場所は高いフェンスに覆われ工事中だ。

かつては改札口が二階だった。南口の階段を下りると、水の流れていない段々池と時計塔が特徴の広場とも言えないほどのスペースがあった。週末の夕方は芝居小屋やライブハウスへ行く若者の待ち合わせでごった返した。

スペースわきにドトールコーヒーショップ、ＯｄａｋｙｕＯＸ、二階がＴＳＵＴＡＹＡ。それらが入っているのは軽井沢《かるいざわ》のペンション風の白い建物。正面には吉野家《よしのや》、富士《ふじ》そば、マクドナルドがあった。

その方向にからだを向けると、現在は回転寿司店と銀行のＡＴＭ……なんとマクドナルドは健在だ。そのほっとする情報だけで歩きはじめる勇気がわいた。

南口商店街の駅前アーチは学校祭の入場ゲートのような派手なデザインから、すっきりとしたターコイズグリーンのポール製に変わった。でも、ゆるやかに下りながら左にカーブしている道筋はあのころと変わらない。

変わったものと変わらないもの。目に映る景色を分別するのに脳内が忙しい。

通りすがりの女性たちの声にはっとして、耳をすました。

「アンゼリカって、カレーパンの？」

「そう。今日が最後なんだって」

アンゼリカが話題になっている。わたしがアルバイトをしていたパン屋さんだ。気づくと、駅に向かう数人の手に黄色いポリ袋が提げられている。

アンゼリカのシンボルである黄色い袋には、水森亜土《みずもりあど》ちゃん作画の丸顔のコックさんのイラストが描かれている。コックさんはマスターと呼ばれたアンゼリカの店主だ。


『下北沢で愛されたパン店アンゼリカが50年の歴史に幕』


それがアパート仲間だった秋子《あきこ》から知らされたネットニュースの見出しだ。いっしょに働いた店が閉店することよりも、三十年を経て秋子からメールが届いたことにまず戸惑った。

秋子がSNSをたどってわたしを探してくれたのが先だっただけで、わたしのほうからも彼女を探すことは可能だったのだ。あのとき気まずく別れたことでこんなにも永く遠ざけてきた。

「会いたい」とメールの返信に書いた。アンゼリカがなくなるきっかけで会わなければ、きっと一生会うことはなく、胸のどこかにつかえを残すだろうと思ったからだ。

そして今日、アンゼリカ閉店の日に合わせて下北沢で再会することになった。

歩きはじめた先に見えてきた光景についと立ち止まった。行列だ。アンゼリカの前から茶沢《ちゃざわ》通り方面に、最後尾が見えないほど長くつづいている。

店のそばまで近づいて、緑色のシェードがかかる入り口をうかがった。なつかしいログハウス風のドアや壁はまったく変わらない。せまい売り場は買い物客で埋まり、奥の工房ばかりかレジさえも見えない。

秋子はなかにいるのだろうか。約束は午後二時ごろに店の前だ。割り込んで店に入るわけにもいかず、とりあえず行列の最後尾を目指して道を下ることにした。

アンゼリカの向かいには文房具店と古本店が並んでいたが、今は南米かどこかの衣料店やケバブ店に変わり、両わきから外国に圧縮された姿で洋食店のキッチン南海《なんかい》が営業中だ。

春日屋《かすがや》精肉店があったのはどこの角だったか。洋服店になっているあたりだろうか。あの精肉店には五個百円のコロッケをなんど買いに行ったかわからない。

「おう、買えた?」

行列に並ぶ男性から声をかけられたのかと思い、びくっとした。わたしのすぐ後ろにいた若い男性が「ああ、やっと。一時間くらいかな」と答えた。

彼が軽くかかげて見せた黄色い袋には、カレーパンとみそパンが……二個ずつ入っているだろうか。そんなふくらみ方だ。手に提げたときの重みが、わたしの手にリアルによみがえる。

「のの子《こ》さんに会えた?」

「うん。ちょっとあいさつした」

このふたりの青年も、アンゼリカの工房で働いていたらしい。彼らが学生だったころだろうか。それとも役者の修業をしていたころ。ミュージシャンとして駆け出しのころか。

どんなに忙しくても、急《せ》かすことはしない店だった。だからあわてる従業員もいない。パンづくりにいちばん重要なのは発酵するのを待つ時間であると知っていたからだ。

練りたてのパン生地のような薄っぺらな自分でも、待てばいつしかふんわりふくらんで、香ばしい焼きたてパンになるかもしれない。そう思わせてくれるような場所だった。

「のの子さん、お元気だった？」

ついなつかしくなり、店を出てきたほうの青年に声をかけた。怯《おび》えた目で「はい」と答え、逃げるように行ってしまった。よく考えるとこちらは彼の親の世代になっているのか……。

行列はミスタードーナツの前もつづいている。ミスドは三十年前もこの場所にあった。その前ここは風情ある蕎麦屋《そばや》だったと、確かアンゼリカのマスターが話していた。

「理夏《りか》？　理夏だよね」

行列のなかから呼ぶ声がする。

「今着いたの？」

秋子だ。送ってくれたメールで顔写真を確認して、三十年のタイムラグは脳内で埋めてある。

「うん、さっき着いた」

しかし実際に顔を見るといろんな思いがわき起こり、目の奥が熱くなる。

「ひさしぶり、アッコ」

「ホントホント」

秋子も目のふちをじんわりと赤くさせた。

「理夏、もう店に寄った？」

湊《はな》をすすって、早口で秋子が訊《き》く。わたしも湊をすすりながら答えた。

「ううん。ちょっと覗《のぞ》いたら、お客さんがいっぱいで。アッコは？」

「私も寄ってない。まずは並ぼうと思って」

「そっか。じゃあわたしも……」

ふたり同時に行列の後尾を向いた。秋子の顔がすぐ横にある。なつかしい感覚だ。

「けっこう並んでるね。でも理夏、今から並んでも二時間くらいかかるかもって」

「え、そうなの？」

「全部売り切れちゃって、生地から新しくつくるって、さっき販売のひとが言って回ってた」

「そっか」

アンゼリカのパンには世代と地域を超えたファンがいるらしく、秋子の前に並んでいるのは若いカップル、後ろもリュックを背負った若い女性だ。

「じゃあ、わたし、街をぶらぶらして、もうちょっとしてから並ぼうかな」

「あとから、どっかで落ち合おう。あの喫茶店、まだやってるかな」

「マサコ？」

「マサコは閉店したってニュースで見た。ほら、アパートへの曲がり角あたりの、カフェ……」

「トロワ・シャンブル？」

「そう。よくおぼえてるね。私は最近、下北に疎《うと》くてさ」

秋子も今は港区に住んでいるとメールにあった。「じゃああとで」と行列を離れ、数歩行くうちに胸のつかえがのどにこみ上げてきた。振り向くと秋子はタオルハンカチで首の汗をぬぐっている。

「ねえ、アッコ」

秋子が「なに？」と目を見開く。

「オムライスからの手紙、受け取った？」

オムライスとは三十年前に秋子とわたしが住んでいたアパートの隣人だ。小説家の卵だった。そのオムライスからの手紙の内容に驚き、わたしは秋子との再会の意思をつよくしたのだ。

「うん。受け取った」

秋子の目に、さっきまでのわたしと同じような戸惑いが浮かんで見える。

「前にいた劇団の事務所に送ってきた。ホント言うとね、理夏のぶんも白い封筒で、私に届いたんだ。それで、理夏に住所教えてもらってそっちに送った」

「そうだったの……」

アンゼリカの閉店の知らせをくれたあと、秋子がわたしの住所を訊いてきた。それから近況報告のメールのやりとりをしているとき、ふいにオムライスからの手紙が届いた。

「アッコ、あの手紙読んだから、わたしを探してくれたの？」

「ん……まあね。あんなこと知らされたら、理夏と話さないことには、居たたまれないから」

「アッコ、返事書いた？」

「書いてない。だって住所書いてなかったし」

「そう。連絡先わからないの」

「オムライスも勝手なやつ。三十年前の真実を今さら教えられたってさ」

口先では強気な秋子が、わずかに怯えがまじった顔で微笑《ほほえ》んだ。そんな気がしたがちがうかもしれない。じゃああとでねと、もういちど言って背を向けた。

あの手紙を読んで秋子は居たたまれなくなったのか。秋子は芸能界で大勢にもまれてきたのだから、若いころの過《あやま》ちなど忘れているだろうと勝手に想像していた。北海道の田舎町で暮らすわたしは、あの手紙を読んでからずっと胸の奥が疼《うず》き、昨夜はなかなか眠れなかった。

南口商店街を下り、アパートへの曲がり角に立った。いつも客が並んでいた広島風お好み焼き店が別の料理店になっている。壁一面に貼られたサイン色紙はどうなったのだろう。

向こう角から二軒目にレンガ模様の建物。この二階に秋子と約束したカフェ・トロワ・シャンブルがある。白い紙を切って貼りつけたような文字の看板は変わっていない。

そうだ。この向かいのちょっと先に……と右を向いたが、三福林《さんぷくりん》があった場所はやはりちがう店になっている。兄弟でやっていて明太子オムレツが美味《おい》しい人気店だった。店の前で泥よけマットを洗っている男性と会釈《えしゃく》し合ったものだが、あのひとはお兄さんか、弟さんか。

人気店は何軒も知っているのに、食べに入ったことはほとんどない。『ぴあ』や『東京ウォーカー』の下北沢特集を立ち読みして、「いつか行こうね」と仲間と話題にするだけだ。

当時部屋を借りたアパートには、たまたま年が近い女性たちが住んでいた。訳があってみんな貧乏暮らしで、みんな地方出身者。運命の出会いとしか思えないような仲間だった。

ぶらぶら歩き進むと、暮らしたオンボロアパートがあった場所だ。今は高級焼き肉店らしい。円柱状のコンクリート壁に緑色の三角屋根。

二階の、あの銀色に光る屋外ダクトのあたりは、共同で使う物干し台だった。三畳ほどの広さで、じゃばらの鉄板屋根がかかったその場所を、わたしたちはバルコニーと呼んでいた。実際は茶色い板張りの足場に、塗料の剝《は》げた手すりがあるだけのスペースだ。水道の蛇口がついた深い流し台があったので、夏はそこで頭や手足をバシャバシャ洗った。

仲間と洗濯機を拾ってきて、あのバルコニーに置いたときには、大家にこっぴどく叱られた。みんなの洗濯物を週に一回だけ洗う約束をして、それからはコインランドリーに行かずにすんだ。

ふと思い出して足元を見た。道路のはしにコンクリートの排水溝がある。昔と同じ場所だが穴が細長いフタに換えられている。

なぜかあのころ、この穴のすき間が三センチほどもあって、そこに洗濯機の排水ホースが差し込めた。洗濯をするときにはここから排水を流した。二階のバルコニーから、延長した長いホースを地上まで垂らして、引いたり下げたりしているうちにホースの先がすぽっとはまる。

洗濯をはじめる前の儀式として、順番にその「ホースはめ」に挑戦した。ひとりが階段を下りて手で差し込めばすぐなのに、都会に闘いを挑むかのごとくそんなことに熱中した。

日差しがあたり、左頰がひりっとする。バッグから白い日傘を取り出して広げた。

アパートの先の路地を右に入り、マサコまでの近道をたどってみた。正面に見えてきたのはジャズ喫茶の若葉色の扉ではなく、真新しいビルの白い壁だ。近くまでは行かず引き返した。

こんどは銭湯へ行くために毎晩歩いた道をたどることにした。目にとまったのは、街なかへ向かう二股道の分かれ目にある庚申堂《こうしんどう》。ここは時が止まったかのように昔のままだ。

江戸時代の旅人が道しるべにした石の塚を、祠《ほこら》に祀《まつ》ったのだと誰かに聞いた。祠の前に立ち、手を合わせてから思った。

いったいわたしはどこへ行きたいのか……。

もしも二股道の片方が昔の下北沢に戻る道だとしたら、若いころの愚かさをもういちど、こんどは昔よりもあからさまに見せつけられそうで、それはいやだ。

しかしもう片方が、昔の面影がなくなった下北沢への道だとしても、愚かな記憶は薄くはならないようだ。それどころかわずかな面影をさがすうちに記憶が濃くなってよみがえる。

ほんの数十分下北沢を歩いて変わったものと変わらないものを見ただけで、それが身にしみてわかった。後悔というものは時の流れでは拭い去れないものなのだろうか。

色あせた千羽鶴が下がった道しるべの前で、しばらく立ちつくしていた。

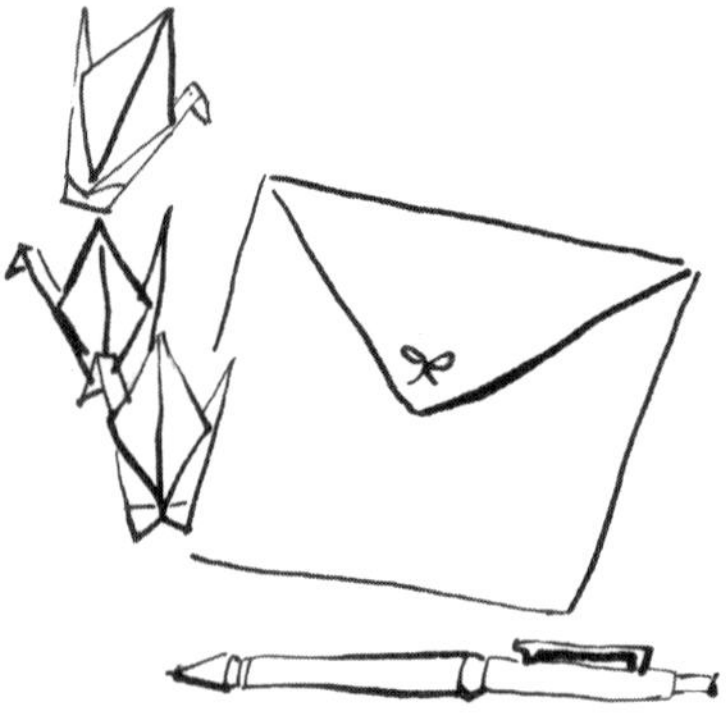

下北スイート

新宿駅で真っ赤なボディコンのワンピースにゴールドの大きなネックレスをした、ワンレン髪の女とすれ違った。真冬にコートもなしで寒くないのだろうか。

うちの専門学校にはボディコンを着る学生はいない。アパレル業界人を目指す若者のあいだで流行《はや》っているのは白黒モノトーン、天然素材、または逆に振り切った原色ビニール素材。

でもわたしは期末試験を受けなかったので進級できないかもしれない。それよりなにより、先月から学校には通っていない。その事実は北海道の親に話せていない。

寮を出てひとり暮らしをしたいから引っ越し代を借りられないかと、それは十一月の半ば母に電話した。同室の先輩とそりが合わず精神的限界だと弱々しい声をつくりながら。

本当は夏に支払うはずの後期分の寮費を使い込んでしまったので、年内に寮を出るしかなかった。なんとか親にはバレないよう、寮の事務員にうそをついた。

「両親が事故で、入院して……死にそうなんです。ぜったいに親には電話しないでください」

母は母で呑気《のんき》な性格なので、娘を心配して寮に電話をするようなことはまずしない。

やっと引っ越し代を振り込んでもらえたのが師走《しわす》になった昨日。荷物をまとめ、誰にも見送られず寮を出て、新宿駅まで二十分歩いてきた。計画通り小田急線に乗る。始発駅だというのに急行小田原《おだわら》行きは混んでいる。つり革につかまって窓を向いた。大きなボストンバッグと紙袋がすごく重いが、網棚にはのせずにがまんした。目的の駅はふたつ目だ。

車窓に見えてきた下北沢は、ネオンよりもオレンジ色の電飾が似合う異国の屋台街のようだった。新宿の高層ビルを見上げていた目には、小さい建物の並びが優しく映る。

あまりに都会的な街であればあきらめて、もっと先の駅まで行こうと考えていた。わたしにも住めそうな街並みに、暗黒だった目の前がちょっとだけ晴れた気がした。

駅からいちばん近い不動産屋の戸を開けた。すでに三十分ほど表で物件を物色したあとだ。

「お部屋を、あの、この、五万、二千円の」

黒縁メガネの中年男性がひとり、事務机に向かっている。

「どうぞ、座って」

言いながら上下になぞるように値踏みされ、あわてて自分の身なりを確認した。

救世軍のバザーで買った黒いデニム地のブルゾン。オレンジと黄色の横縞《よこじま》柄のタートルセーター。学校の授業で縫《ぬ》った黒いウール地のロングスカート。個性を発揮したつもりだが、中年男性には伝わらないかもしれない。

「女の子のひとり暮らし？」

「はい。あの、あそこ、貼って、ある、お部屋」

「ここに、希望条件を書き込んで」

「あの、あそこの、徒歩十五分、ハイツ、とか」

日本人として不安になるような片言に、不動産屋は「ああ、あれはもう決まっちゃった」と外国語のあいさつのように言う。

目隠しになるほどガラスに貼られた物件情報は客寄せなのか。そうか、あれはレースのカーテンの代わりに貼ってあるんだ。あんなに物色した時間はなんだったんだ。そう考えているうちにわたしの借りられる物件が絞られていった。残るは一件だけだ。

徒歩三分だからと、不動産屋に内見に連れて行かれた。

「この先だよ。初めは安い部屋にしたほうがいいからね。無理したらあとで大変になるから。学校が新宿ならアルバイトも新宿あたりで探したら交通費もかからないよ。はい、ここ」

「はぁ?」

「この二階」

「はぁ……」

時代劇のセットに見えるがちがうようだ。わたしが専門学校生でバイト先未定と知って不動産屋が選んだ、風呂なし、トイレ共同、階下に大家が住む、女性限定三部屋のコーポ服部《はっとり》だ。

いつかきっと、外壁が茶色い木ではない、白いマンションに住めるからと自分をなだめた。これは成功のためのいちばん下のステップなのだ。そう思っていないと走って逃げたくなる。

一階は道路に面してガラス戸があり、商店のようだが閉め切って白いカーテンがかかっている。その左の、勝手口にしか見えない戸を開けると、四足も置けばいっぱいになる三和土《たたき》だ。

忍者《にんじゃ》屋敷かというような階段を這《は》い上がり、左を向くと手洗いと物干し台。右を向くと短い廊下。突き当たりの棚に白い供《そな》え物がある。よく見ると重ねた三個のトイレ紙だ。

廊下には、道路側にひと部屋、裏側にふた部屋、それぞれ小窓がついた木の引き戸が向き合っている。

「西側だけど日当たりはいいよ」

不動産屋がカギを開けたのは、ふたつ並んだ戸の手洗い側、「2号室」と黒ペンで書かれた部屋だ。半畳の台所を跨《また》いで部屋に入ると、なぜか「ただいま」とつぶやきそうになった。

昔のサイズなのか四畳半も押し入れも広い。オレンジ色のカーテンはあせてはいるが大好きな色だ。大きな窓が、西と北側にある。小さな流し台にはガスの湯沸かし器とひと口コンロがあり、自炊もできる。柱も窓枠も木が古びているが、ふしぎと他人の部屋という感じがしない。部屋の空気がなじむようだ。

「どう？」

「ここに住みます」

それからまた駅前に戻り、不動産屋が実家に電話をかけ保証人を頼み、契約をすませた。大家さんにあいさつをということでまたコーポ服部に行った。

軋《きし》むガラス戸を不動産屋は両手でこじ開け、「ここ、もとは炭屋さんでね」と土間にずかずか入り込む。奥の障子《しょうじ》が開いた瞬間、ドキリとした。暗闇に光るキツネの目がある。

「お部屋、借りる子」

「はいはい。ごくろうさま」

かすれた女性の声を聞いて、それが人間の目だとわかった。都会の真ん中だというのに日が差さない洞穴《ほらあな》のような部屋で、コタツに入った人間がいる。

「これ、契約書ね。親御さんは役所に勤める公務員だから」

不動産屋は部屋に上がり、書類をコタツの上に差し出す。思わずわたしも靴を脱いで部屋のなかに正座した。上がってみると床は洞穴のワラではなくちゃんとした畳だった。

暗がりに目が慣れると大家の女性はえび茶色のカーディガンを着ていた。水木《みずき》しげるの漫画に出てきそうな顔だ。長丸い顔に小丸い目、ベレー帽がのったみたいな黒髪。

「あら、四十二年生まれというと一号室の平野《ひらの》さんと同じくらいかね。あの子はアルバイトしてる。三号室の尾村《おむら》さんがいちばん古株だよ。部屋で仕事してるんだけどいつもしずか。いるのかいないのかわからない。まあ、だいたい同じ年くらいの三人だから、仲良くやってちょうだい」

これが江戸弁というのか、少し乱暴な口調だ。もしかするとこの部屋の薄暗さも江戸時代の長屋造りだからか。

「駅から近いだろ。半年も空《あ》いてるなんてこと、今までなかったんだ。おたくはどちらから？」

「実家は……」

「ああ、ここに書いてある。あら北海道。前の店子《たなこ》も北海道だったんだよ。奥尻島《おくしりとう》」

前の住人があまり良い印象ではなかったのは、鼻のつけ根に寄せたシワでわかる。「最初はまじめな子だと思ってたんだ」と言って、その先は言葉を濁す。家賃の滞納でもしたのだろうか。

「あなた、男のひとには気をつけて」

言いながら大家は不動産屋をちらりと見る。不動産屋は気まずそうに顔をしかめた。前の住人が男性問題を起こしたということか。

「で、お引っ越しはいつ？」

大家に問われて返事に詰まった。部屋を借りるといえばふつう、引っ越しの一ヶ月くらい前に契約するものだろう。

「あの、学校の寮を出てきて……」

「あら」

「荷物はこれだけで……」

「おや」

「できれば、引っ越しは……」

「はあ」

「今から……」

声がふるえてしまい、大家と不動産屋が顔を見合わせて鼻で笑う。

「いいんだよ。契約がすんだらもうあなたの部屋だから。ガスの元栓は開けておくから」

立ち上がって頭を下げると、「あなたもうちょっと、はっきり物を言ったほうがいいよ。東京ではそんなんじゃ吹き飛ばされちまうよ」と、親戚のような口ぶりでそう言った。

「この大きいのが一階の入り口ので、小さいのが二号室の」

大家からアンティークアクセサリー風に黒光りするカギを受け取り、表で不動産屋と別れた。ちらほら人通りがある通りのすみっこに立ち、なにからはじめようかと空を眺めた。

暮れかけて薄く染まっている方角が西なのだろう。目に映るこの薄桃色は、東京だけを覆っているドーム型のフタのようだ。故郷の空につながっているとは到底思えなくて。

いよいよひとりで生きていくことになった。

とにかく食べることと寝ることだ。駅のそばに忠実屋《ちゅうじつや》というスーパーマーケットらしき看板が見えていた。あそこでカップ麺と食パンとハムとマヨネーズ。レタスも買えるだろうか。

公衆電話を探しながら歩くと、忠実屋近くに自販機と並んで三台あった。電話の上のほうから煙が出ているのは換気扇らしい。壁の木戸に、うなぎ野田川《のだがわ》勝手口とある。

連絡先をメモした紙を広げて母に電話した。

「電話は呼び出しだから。一階に大家さんがいてさ、おばあさんなんだ。あ、それで布団がなくてさ、送ってくれないべか」

「布団なんか、送料考えたらそっちで買ったほうがいいしょうや」

母は相変わらず呑気そうな声だ。

「それより、学校の教材とか裁縫道具とか、どさっと送ってきたのはどうすんのさ」

寮を出るときにダンボール箱に詰め込んで、コンビニから送ったものだ。

「あ、あれは……今は使わないけど、まあ、ヒマなとき送って」

専門学校に行っていないことは、やはり言えない。将来は有名デザイナーになるからと大口を叩《たた》いて上京したのだ。

「そうだ。食べるもの、なんか送ってや。余ってるものでいい」

「引っ越し代が余ってるしょ?」

「う、うん。少しだよ」

「それで、布団とか食べるものとか買えばいいっしょ」

家賃が安いので敷金礼金を支払って、二万円近く残った。母は知らないが、そんな金額は月々の借金返済ですぐになくなる。すでに生活苦がはじまっている。

「サンマの缶詰。かば焼きっていうのあったしょ、あれ送って」

換気扇からうなぎを焼く香りがたち、顔面が甘じょっぱい煙に包まれている。だからか、かば焼きのたぐいが恋しい。

「缶詰ばっかりじゃなくて、野菜も食べないと病気になるからね」

「うん、わかってる。こっちの野菜は水っぽくてさ、美味しくないさ。そうだ、わたしの部屋にラジカセあったべさ。あれも送って」

電話を切って返却口にゆびを入れ、空《から》なのを確認してため息をつくと、横の木戸が勢いよく開いた。白い帽子に白い仕事着の若い男が顔を出した。

こちらを見ている。知り合いだろうか。どこかで会ったことがあるような気がする。このなつかしい感じは、ふたつぐらい年上の遠い親戚かもしれない。

しかし親戚ではないようで、わたしの顔を見つめたあと、ぷいっと横を向いてまた戸の裏に引っ込んだ。戸を閉める音と下駄の音が冷たくひびいてしゃくにさわった。

なんて失礼なやつだ。もしかすると母との電話が換気扇のすき間から調理場に聞こえて、知り合いと間違えたのかもしれない。それともなまりで同郷人だと思ったのか。

恥ずかしいのを通り越して、悔しいではないか。こっちはかば焼きの缶詰をねだっているのに、あいつはきっと賄《まかな》いで、ものすごく美味しいうなぎのかば焼きを食べているのだ。

忠実屋には食品から衣料品、日用品や小さな家具までそろっていた。アルミのヤカンと、白地に赤い字で「Sweet」と入った陶器のマグカップ、食料を買って南口商店街を下った。

菊屋《きくや》という雑貨店がおもちゃ箱みたいでわたし好みの店だ。可愛《かわい》らしいクマ柄のスリッパを手に取ってみたが、うそをつきまくってしまっている母の顔が浮かんでそっともとに戻した。

電器店らしき看板の下で、閉店セールのノボリがはためいている。そうだ、ストーブだ。寒さはひとのこころを芯まで貧しくさせる。なにはなくともまず暖房だ。

迷わずそこを目指した。緑色のボディーで背の低い横型の、セール価格五千九百円のものを思い切って購入した。箱をぶら下げて電器店を出ると斜め前に小さな寝具店がある。

入ってみると敷き掛けセットになっている布団が一万円以上だ。あきらめて帰ろうとしたときに、入り口のワゴンに貼りつけた紙に、おひるね布団千円の文字が見えた。

コーポ服部は思っていたよりも隣人関係が近しいようだ。買い物から帰って階段を上がると待ち構えていたように一号室の戸が開き、「よろしくね。私、秋子」とあいさつされた。長い黒髪をひとつに結んだ美形の女だ。

驚いて「あ、あの、今日引っ越しです」と口に出すのがやっとだった。秋子とやらは、わたしの手から買い物の袋を奪い取り、二号室の戸を勝手に開けてさっさと入り込んだ。

「これはクッション？」

寝るための布団だとは言えないほどミニサイズの、園児用のおひるね布団を畳に広げて秋子が言う。

「う、うん。クッション」

第一印象がネクラになるのはいやだ。平静をよそおい、電気ストーブを箱から出した。

「そこの電器屋で買った？　あそこ一年以上閉店セールやってるんだよ。詐欺だよね」

秋子はヤカンを洗って水を汲《く》み、ガスコンロを点《つ》けて湯を沸かした。

「銭湯の場所知ってる？」

「いや、知らない」

「前はそこの餃子《ぎようざ》の王将《おうしよう》のとこにあったんだ。なくなっちゃってさ。いちばん近いのは、王将の先の花屋を右に入ってちょっと行って、質屋んとこにある銭湯。エントツ立ってるからすぐわかる。あとは茶沢通り下って代沢《だいざわ》小学校過ぎて緑道を左に入るとあるんだけど、十時四十五分になるとメガネのオヤジが掃除はじめるからね」

話しながら秋子はストーブが入っていたダンボールの空き箱を横に寝かせて、布団の包装紙をその上に広げ、ダンボール製の座卓のようなものをつくってくれた。

閉店セール詐欺にあったような電気ストーブでも、点火すると暖かい。ほっとしていると、秋子が沸いた湯をカップ麺に注いでダンボールの座卓に置いた。

「食べな」

思わず「ありがとう」と口にして食べ物にありつけたことに感謝したが、考えてみればわたしが買ってきたものだ。新品のおひるね布団にも、持ち主より先に秋子が寝ころがった。

「引っ越し手伝おうと思ったのに、もう終わり？　うちの部屋と同じ広さなんだけど、倍ぐらいに感じる。今日、泊まろうかな」

どうしてさっきまで他人だった女が、初めて持ったわたしだけの城に、引っ越したその日に泊まるのだ。目の前に自分の部屋があるのに。

ここに住みはじめて一年八ヶ月だと言う。山梨県の実家はブドウ農園で高級ブドウの巨峰《きょほう》を東京のデパートに卸《おろ》しているのだと、訊いてもいない実家情報を教えてくれる。

大家は同じ年と話していたが秋子のほうがひとつ上らしい。近所のパン屋さんでアルバイトをしているが、目指しているのは役者であり三軒茶屋《さんげんぢゃや》の劇団に所属しているそうだ。

「火曜と金曜の夜が稽古なんだけど、今日は代表がドラマ撮影でいないから休みなんだ。代表は悪役で時代劇に出てる」

わたしがカップ麺を食べ終わったとき、おひるね布団に寝ころがっていた秋子がはたと起き上がり、ん？　と耳をすませる。

「オーイ、アッコー、アッコちゃーん」

西側の窓の下から声がする。

「ちはるだ」

秋子がドタドタと階段を下り、またドタドタと戻ってくると初対面の女がもうひとり現れた。部屋に入るなり「いやーここは落ち着くなー」とおひるね布団に座り、足を投げ出す。

「あ、どなた？」

どなたと言いたいのはこっちのほうだ。

「今日引っ越してきた、円崎《えんざき》理夏です」

「そうだ、名前訊くの忘れてた。理夏？　理夏ちゃんね。理夏ちゃん」

秋子が今になってわたしの名を連呼する。名も知らぬ他人の部屋に泊まろうとしていたのか。

「このひと、ちはる。この部屋に住んでたひと」

この部屋とは……この部屋か。

「六月までな。職場が近くなんだ。洋服のお直し店なんだけどさ、帰り道で通ったら窓に明かり点いてるからさ、あれ？　って」

「あの、よろしくお願いします」

思わず頭を下げてしまったが上下関係はこれで決まりなのか。大家が言うとおり北海道の奥尻島の出身で、上京してから三年たつそうだ。

「奥尻島の青苗《あおなえ》地区、知ってるだろ？　観光地で有名だから。実家は魚屋なんだ。鮑《あわび》が美味しいんだぞ。同じ道民とはこれもなにかの縁だな」

同郷で年上であればいちおう先輩だが、奥尻島というのが北海道にあるのを知らなかった。それよりなぜ前の住人がここにいるのか。

秋子がいつの間にか自分の部屋からマグカップとティーバッグを持ってきていて、さっき沸かしたヤカンの湯で紅茶を淹《い》れた。招いたわけでもないのに三人でティータイムだ。

「あの……洋服のお直し、してるの？」

気になってちはるに訊いてみたが、やはりわたしは初対面のひととの会話が苦手だ。言葉がぎこちなくなる。

「おお。鎌倉《かまくら》通りの店な。この前の通り西に行くと踏切があって、それ越えると鎌倉通りだ」

さっき夕焼けを見た方面にあるのか。

「ちはるは高校の家政科で洋裁習ったんだよね」

「まあな。でもまだそこで働きはじめて一ヶ月もたってないぞ」

「ひさしぶりだよね。水商売じゃない仕事」

「そうなんだよな。つまんねえよな」

「だめだよ、ちはる。現金持ち逃げしたら」

漫才のようなテンポだ。洋服のお直しをしているというから、わたしにもできる仕事なのか訊きたかっただけなのに。

「理夏はなんだ？　学生か？」

「う、うん。服飾の専門学校」

「なんだ奇遇だな。理夏も洋服縫うの、好きなのか？」

「でも、今は休んでるんだ。これからバイト探す。その、洋服のお直しみたいなの」

「そうか。うちの店はもう手が足りてるからな。でもバイト探すんなら近いほうがいいぞ」

「そうだね。私がバイトしてるパン屋は徒歩三分だし、ちはるもアパートまで徒歩何分？」

「けっこう歩くけど、二十分かな」

「理夏、ちはるはね、今は池《いけ》ノ《の》上《うえ》のアパートに住んでるんだ」

「へ、へえ」

このあたりの住所に詳しくないが、ちはるの職場とアパートまでのあいだに、このコーポ服部があるらしい。ということは毎日ここを通るのか。わるい予感がする。

「まあ、理夏がこの部屋借りたとなると、あたしも帰り道に寄る場所ができたってことだ」

やはりわるい予感はあたりそうだ。

「大家に、ちはるが出入りしてるの、バレたらことだよ」

秋子が声をひそめる。

「気にしないさ。全部払ってから出たんだから」

案の定、家賃を滞納して追い出されたのだろう。でもそれは人ごとではなく、わたしだってこの先家賃が払えるのか心配だ。さっき大家から受け取った白い手帳をバッグから取り出した。秋子がすぐに反応する。

「あ、それ手帳。家賃払うとき、それにハンコ押してもらうんだ。服部ってハンコ。月末の夕方までに持ってってたほうがいいよ。夜になると大家が取り立てにくるから」

家賃支払帳と印刷された字の下に、ボールペンのひょろひょろした字で服部荘とある。

「ここ本当は服部荘？」

「そうだよ。不動産屋でなんて聞いた？」

「コーポ服部」

ちはるがのけぞって笑い出す。

「不動産屋も借り手がいないからって、勝手に格上げするなよ」

秋子も大きな笑い声だ。

「コーポっていうより下宿だよね」

そんなことを聞かされるとますます気落ちする。手帳の一枚目を開くと家賃二万二千円。管理費二千円と書いてある。

「管理費二千円って、なんの管理なのか。月に一回、トイレと階段掃除して、トイレットペーパーを三個置いてくだけだよ」

そういえば廊下の棚に供え物のように重ねてあった。トイレットペーパーを自分で買ったことがないが、ひとり月に一個で足りるものだろうか。

「ちはる、またトイレットペーパー盗まないでね。ただでさえ足りないのに」

「職場の備品をいただいてるから、だいじょうぶ」

「従業員はちはるだけなんでしょ？」

「ひとりだから、いくらでも持って帰れる。キッチン洗剤もヤクルトの容器に入れてちょっと分けてもらうし、コーヒーとか砂糖とかミルクとか、ちょっとずつビニール袋に入れていただくんだ」

「いただくって、くすねてるだけじゃん」

話について行けないので黙るしかない。よく見ると秋子が持ってきたカップにはドーナツ店のロゴが入っている。スティック砂糖もプラスチックスプーンもハンバーガー店のだ。

「で、理夏は、誰にだまされてここに来たんだ？」

ちはるがいじわるそうな目で、そんな刺すような言葉を吐く。

「だまされたわけじゃない。ちょっと、お金が足りなくなって」

「そうか？　ここに来るのはだいたいだまされたやつなんだぞ」

秋子がそれを聞くと天井を向いてケラケラ笑い、「しょうがないよ。地方出身者は」と言う。

こんどはちはるがアハハと大きな口を開けて笑う。なにがそんなにおかしいのか。確かにわたしは、世間知らずで借金を抱える羽目になったが、だまされたとは思っていない。

「よし、引っ越し祝いに、風呂に行こう」

ちはるが一家の主《あるじ》のような口ぶりで言い、秋子がそそくさと出かける支度をする。自分の部屋から持ってきたセルロイドの桶《おけ》に、風呂道具を詰め込みバスタオルで包んで。

「理夏はパンツとタオル、小銭を忘れるな」とちはるに注意を受け、両親に連れられた子どもとしか言いようのない立場であとにつづいた。

「理夏、二階の部屋はカギかけるな。行き来が激しいから。一階のここだけ、絶対にカギを忘れるな」

わたしは頷《うなず》いてアパート一階玄関のカギを回したが、なぜ二階の部屋の行き来が激しいのか疑問は残った。

お寺みたいな屋根の下にかかった「ゆ」の暖簾《のれん》をくぐりながらわたしは、本当に両親に連れられて初めて銭湯に来た五歳の子どものようだった。

「理夏、靴は下駄《げた》箱に。カギはその木の札《ふだ》を引っこ抜くとかかる。こんばんはー。ほら、理夏、ここで三百円払って五円お釣りもらう」

指導役はすべてちはるだ。木製のロッカーに衣服を脱いで、金属のプレート状のカギをかけようとするが上手《うま》く行かない。

「理夏、いいかよく聞け。下駄箱は札を引っこ抜くだけでかかる。こっちは横のポッチを押してから引っこ抜く。難しいんだ」

できなかったのは恥ずかしいが、難しくはない。

ロッカーのカギにはゴム紐《ひも》がついていて、秋子はそれを手首にはめた。ちはるは足首にはめている。どこにもはめたくなかったわたしは、鏡の前にそれを置いた。

湯船につかり隣りの中年女性を見てうそかと思った。カギのゴム紐で髪を結んでいる。銭湯では備品さえ共用できるふしぎな親密感が生まれるらしい。

もうひとつ銭湯で学んだこと。帰りは湯上がりの爽快感を満喫するため、ゆっくりゆっくり歩く。

ちはると秋子は歩きながら、なぜ家賃相場の高い下北沢で部屋を探したのかを訊いてきた。

ちはるは代々木上原に住む姉が、近所のアパートを探してくれたから。秋子は劇団の稽古場が近く下北沢には劇場がたくさんあるからと、それぞれ理由があって住んでいる。

わたしは言いわけも見つからず、

「中島みゆきが住んでるかもしれないから……」

とつい本音を話してしまった。

「ファンなの？」

笑われるかと思ったが、秋子は表情も変えず言う。

「うん。すごく好き。中学から」

「そうか。じゃあ同じ街に住みたいよな」

ちはるもなぜか驚かずに肯定してくれる。

「ずっと中島みゆきの曲に助けられてきたんだ。都会に出るのが心配だったときも助けられた。田舎から出てきた子の曲みたいのがあってさ、故郷《ふるさと》行きの列車を駅のホームで乗車券をにぎりしめながら見送るって曲。そうやってぐっとこらえて、逃げ帰るんじゃなくて都会に挑もうとしているような、そんなところが好きなんだ。あとね、田舎者でも、学歴なくても、お金なくても、闘う者がいちばん美しいって感じの曲もある。魚が川をのぼるみたいにね、鱗《うろこ》がはがれてやせこけて、誰かに笑われても、闘って闘って、流れにさからってのぼっていけば、いつか海の国境さえ越えられるんだって、そんな曲。毎晩聴いてた」

気づくと今日出会ったばかりのひとたちに、自分だけの秘密を話している。これも銭湯帰りの快感がなせるマジックか。

「下北で見かけたことは、まだないな」

秋子が言う。街を歩く芸能人の発見が得意なのだそうだ。

「わたしも、噂《うわさ》を聞いただけだから、確かな話じゃないんだ」

いつもひとりで食事をしていた寮の食堂で、後ろの席からそれが聞こえてきた。

「その子の叔母《おば》さんが下北沢に住んでるって話でね、犬の散歩をしてるときに、中島みゆきとすれ違ったって。向こうも柴犬みたいな犬の散歩してたって。たったそれだけの情報なんだ。だから間違いかもしれない」

「いや、きっと住んでるよ。そう思ってるほうが楽しいよ」

「そうだぞ。好きなひとと同じ街に住んでるなんて、わくわくするぞ」

意外な反応をするふたりだ。誰かに話したことはないが、話したところで理解してくれるひとなどいないと思っていた。

ちはると秋子のだらだらした歩調にわたしも同化した。行くまではおっくうだった銭湯が、帰りにはわりと好きになっている。生まれて初めて銭湯のふしぎなパワーを知った。

ちはるは職場からの帰り道、毎日この部屋に寄る。四日連続だ。今日は金曜日なので、秋子は劇団の稽古に出かけた。

「ちはる、サバ缶トースト、食べる？」

「おう、いいな」

食パンにマヨネーズをぬり千切りキャベツを広げた上に、缶詰のサバ味噌《みそ》をのせて、スライスチーズをかぶせてオーブントースターで焼いた。

知り合ってまだ数日だというのに、ちはるの夕飯をつくっている。悔しいような気もするのだが、この部屋がすっかり整ったのもちはるのおかげだ。

引っ越しのあくる日、職場から使っていない包丁とまな板、鍋をもらってきた。二日目は粗大ゴミとして道端にあったカラーボックスとオーブントースター、電気ポットを拾ってきてくれた。そして今日は近所の教会でバザーをしていたと、皿の大小セットを百円で買ってきた。

「あとこの部屋に必要なのは、冷蔵庫だよな。テレビもな」

寝ころがったまま、ちはるが言う。

「道に落ちてるってことはないよね」

「いや、それが落ちてるんだ。理夏、もう少し待てよ」

なんでもちはるの職場の周辺は富裕層が多く、粗大ゴミの内容が常識外れにいいそうだ。

「あのへんに芸能人が住んでるんじゃないかな。あのひとも、いるかもな」

「だれ？」

「理夏のあこがれのひと」

「わたしはべつに家に行きたいわけじゃない」

「職場に近所のお年寄りがくるからさ、情報が聞き出せるかもな。家がわかったら教えてやるよ」

「いや、だから家は知りたくないの。わかっても教えないで。わたしはただ、道ですれ違うとか、そんなんでいい。遠くからお姿に向かって、お力を分けていただいてありがとうございますって、心のなかでお礼したいの。それだけ」

マグカップにスープの素《もと》とネギを入れてお湯で溶いた。近所にマルコ屋《や》という小さいスーパーを見つけ、食べ物はだいたいそこで買っている。

「そうか。いつかすれ違えるさ」

「ごはん、できたよ」

テーブルはまだ買えず、秋子がつくってくれたストーブの箱の座卓に並べ、ふたりで夕飯を食べた。今日は皿があるおかげでちゃんとした食事だ。

夜になって実家からダンボール箱が二個届いた。一個は高校時代まで愛用していたオレンジ色の毛布と、祖母手づくりのそば殻枕。

もう一個はサンマやサバの缶詰と、そばやうどんの乾麺、四角く切った餅など。わたしの部屋にあった小型のラジカセと好きな音楽を録音したカセットテープも入っている。

ダンボール箱のフタを開けて、なかの品をひとつずつチェックしているのは、なぜかちはるだ。わたしは助手のように取り出された品を押し入れや台所に片づけている。

「これで年越しそばが食べられるな。お？　正月の雑煮《ぞうに》もできる」

ちはるもやはり、これを食べるつもりなのか。

「それは、ＣＤ聴けないのか」

ラジカセを畳に置くと、そうちはるが訊く。

「高校まで使ってたのだから、古いの」

「じゃあカセット聴こう。わ、やっぱ理夏、中島みゆきか。あたし、洋楽がいいな。理夏、おまえアッコの部屋からなんか持ってこい」

初日にちはるが、行き来が激しいから部屋のカギはかけるなと言っていた意味がわかった。こうして秋子が留守の日も、必要なものを取りに勝手に部屋に入る。

洋楽のカセットを探すために一号室の戸を開けると、うちと同じ四畳半のはずだが歩けるスペースが一畳ぶんほどしかない。ベッドのほかに大きなある物があるからだ。

初めて秋子の部屋に入ったときに見た水色のビニールで覆われた四角い物体は、てっきり洋服を収納するビニールロッカーだと思った。

秋子が開いて見せたファスナーのなかを覗いて「えっ」と声をあげた。背より高い位置にシャワーヘッドがあり、長いホースがつながっていた。

「大家には内緒なんだ。このホースを伸ばして、ガス湯沸かしからお湯を持ってくるの。髪を洗うくらいの時間しか使えないから、ふだんは銭湯に行くけどね」

そう話していた。秋子によると劇団に入ってできた恋人に、部屋に風呂がないという理由でふられてしまった。それをきっかけに三万円もする簡易シャワーを買ったそうだ。

ということは、新しい恋人ができたらこのせまい部屋に連れ込もうとしているのか。それは逆に、簡易シャワーのせいで失恋することになりはしないかと心配になる。

秋子の部屋から持ち出したデヴィッド・ボウイのカセットを、わたしのラジカセで聴いた。ちはるはうちの実家からのダンボール箱に入っていた干し芋を勝手に開けて食べている。

「どうだ？　理夏のバイトは」

「うん、やっぱり学校を卒業してないと、アパレル関係のバイトなんかないね」

求人雑誌には飲食業が多く、洋服をつくる仕事などなかなか載っていない。

「そうだな。そういう仕事はツテとかコネとかがないとな」

「洋服関係の仕事ならなんでもいいやと思って、ハウスマヌカンの面接、受けたんだ」

「そうか、決まるといいな」

ちはるが寝ころがったまま、もそもそと這いずりラジカセに手を伸ばす。カセットを入れ替え別の曲をかけた。

擦り切れるほど聴いたイントロだ。この曲は深夜にひとりで聴くのだから止めてと言うと、ちはるはラジカセを抱え込んでおひるね布団に横になる。こちらに背中を向けて、寝たふりをしてしまった。

しばらく中島みゆきが流れていた。

「ちはる起きて。銭湯に行くよ」

「おお」

ピンク色のおひるね布団には、ちはるのよだれあとがついている。ちはるは手の甲で口をぬぐい、ついでのように目の下もぬぐった。

引っ越しから五日目の土曜日。隣室から電話のベルが聞こえて、三号室にあいさつをしていないことが気になった。マルコ屋に行き、紅茶のティーバッグを買ってきた。

尾村さんは大家によると「部屋で仕事をしてるけどいつもしずかでいるのかいないのかわからない同じ年くらい」の女性らしいが、確かに存在を忘れるほど物音がしない。

たまにうちの前を通り、手洗いに入る影が小窓に映る。深夜に出て行き、小一時間ほどで戻ってきたこともあった。レジ袋のカサカサする音がしていたから買い出しとみえる。

おそるおそるノックしてみた。

「あの、隣りに引っ越してきた円崎理夏です。ごあいさつが遅れましたが」

返事はないが玄関に尾村さんのスニーカーはあったのでいるはずだ。つづけて「あの、これ紅茶なんですが、よかったらどうぞ」と声を大きくしてみた。

「けっこうです」とかすかに聞こえたような気がする。

「いえ、ほんの少しなんで、どうぞ」

郵便受けに入れようとしたが、ここは一階の玄関に共同で使う受け口があるのみだ。ドアノブに引っ掛けようにも引き戸であるからノブはない。廊下に置けば秋子に持っていかれる。

考えた末に箱を開封して、ティーバッグを戸と柱のすき間に差し込むことにした。何個差し込めばいいだろうと考えているうちに、結局手には空き箱だけ残っていた。

「あの、ここに、紅茶を、よろしかったら、どう……」

言い終わらないうちにガラリと戸が開いた。白いレースの暖簾がかかっている。顔はレースごしでよく見えないが、小柄で華奢《きゃしゃ》な、黒髪が肩くらいまでの女性だ。

「なんですか？」

「あ、ごめんなさい。隣りに引っ越してきたんで」

足元に数十個の黄色いティーバッグがばらまかれている。

「書き物してるから、あまり声をかけないで」

小さいが、ハキハキとした声だ。

「あの、うちの部屋、うるさかったら言ってください」

「耳栓してるから、かまわない」

「え、耳栓するほどうるさいですか？」

「前からの習慣なだけ。ケンカの声ってわけじゃないから気にならない」

「あ、そうですね。ケンカしてるんじゃなくて、漫才みたいなもんで」

「私は、だいじょうぶ」

そうですか。ではこの紅茶を、と言っている途中にまたガラリと閉められた。

無愛想だが怒っているようすではなかった。書き物をしていると言っていた。文筆業なのか。年齢的にもこの安アパートに住んでいることからも、作家の卵というところか。とりあえずだが、顔を合わせられてよかった。


午後になってから、昨日受けた面接の結果を聞くために野田川横の公衆電話に行った。毎日ここから電話をしているうちに、三台あるなかの左がわたし専用となった。

「もしもし、あの、わたし、昨日、面接にうかがった円崎理夏です」

相手は新宿のブティックの女性店主だ。

「ごめんなさい。お願いしようと思ってたんだけどね、あなたのすぐあとにマヌカンの経験があるって子が面接に来てね、やっぱり経験者にお願いしたくてね。またご縁があったら」

「わかりました。ありがとうございました」

決まると思っていたのでがっかりだ。

やけになって、そこにある分厚い電話帳を開き、ブティックのページの上から順に電話をかけていった。十九歳の専門学校生だと告げるとすぐに断られる。

「飲食業じゃ、だめなの？」

野田川の勝手口から現れた、白い帽子に白い仕事着の若い男だ。

わたしがここの電話で話していると、なぜか毎回のように戸口から顔を出してじっとわたしの顔を見つめる。なぜ見るのかがわからないのでやたらと腹が立つ。

「なんですか？」

「いや、毎日毎日電話してるけど、聞いてると洋服とか販売とか、そんなのばっかでさ。バイト探すんなら飲食業のほうがあると思って」

「あなたに関係ない。勝手に立ち聞きしないで」

初めて口をきいたというのに、わたしの怒り口調に男もむっとした顔になった。

「ああ、すいませんでしたね。仕事紹介してやろうと思ったのに」

「うなぎ屋さんなんか、頼まれてもやりません」

そう言いながら、賄いにうなぎが食べられる生活を一瞬だけ想像した。男は呆《あき》れたというように肩をすくめて戻ろうとする。

「北海道のどこ出身なのさ？」

たぶん換気扇のすき間から同郷のなまりが聞こえて誰かと間違えたか、故郷をなつかしんで顔を覗きにくるのだろう。それを今日こそ問い詰めてやる。

「え？」

「地元のひとなんだべさ？」

「なんだべさ？」

「なまりで地元のやつだと思って、いっつも覗くんだべさ」

「オレ、地元は群馬だけど」

「え……」

北海道民には群馬と茨城と栃木の位置関係があやしいが、関東の出身だったとは。わたしよりも都会人ではないか。

「じゃあ、なんで覗くのさ」

「覗くっていうか、困ってるみたいだから、心配してんだよ。声が同級生に似てるし、同じ学年みたいだし、いろいろ気になってさ」

バイト探しで毎日ここから履歴を口にした。それに母に食べ物をねだった。すべて換気扇の向こう側で聞かれていたのかと、急に恥ずかしくなった。

「あのさ、わたしは夢があって東京に来たから、バイトだって夢のために役にたつようなのを探すんだから、放っておいて」

自分でも予想以上にきつい口調になっているのは、恥ずかしさからだ。

「そうですか。じゃあがんばってください」

不機嫌に口を尖《とが》らせて、勝手口から入って行く。白い帽子の下に見える刈り上げのうなじがお坊さんのようだ。てっきり三つくらい上だと思っていたのに同じ学年だったのか。

なんだかがっくり疲れ、バイト探しはいったん休憩にしてアパートに向かった。角のラーメン屋さんでは、男のひとが表を掃き掃除している。彼もわたしと同じくらいの年代だ。

うなぎ屋さんの彼もラーメン屋さんの彼も、どんな思いで社会人になったのだろう。知らない大人たちと働いて、お給料をもらって、家賃や公共料金を払って、食べて寝て働いてまた食べて寝て。その生活をくりかえして生きていくのを、素直に受け入れられるのだろうか。わたしはきっと、同じ生活のくりかえしには耐えられない。だから物をつくる仕事につこうと思った。

でも東京で働いているひとのなかでいったいどれほどのひとが夢をかなえて、希望通りの仕事についているかというと、たぶんほんのひとにぎり。

「業界」とか「発想力」とか地元では偉そうに語っていたのに、こんな早々に打ちのめされた。結局わたしもお金のためだけに労働して生きるのではないか。そんな予感がして怖くなる。

ラーメン屋さんの隣りがアンゼリカというパン屋さんだ。ここで秋子が朝早くから働いている。表から奥の工房が見えるが、重なるように人影が動いていて秋子の姿はわからなかった。

コーポ服部二号室では、借り主であるわたしのバイト先が決まらないというのに、宴会が行われようとしている。三人で夕飯を食べて銭湯に行ったあとだ。

ちはるが職場で余っていたという日本酒の一升瓶《いっしょうびん》を畳にどんと置いた。ツマミは秋子の実家から送られてきた干しブドウだ。わたしは酒が飲めないのでサイダーを買ってきた。

ちはるが今日の宴会でのテーマを発表する。

「これから、なぜこのアパートに住むほど貧しくなったのか、それぞれいきさつをのべるように。包み隠さず話すこと」

秋子は親から上京時にまとまったお金をもらったが、アパート代と劇団の入団費用で消えてしまった。それでもすぐにアルバイトをはじめたので十分やって行けるはずだった。

「新宿の、化粧品を買った店で紹介されて、エステの無料体験に行ったんだよね。サウナに入って全身の揉《も》み出しやってもらって、すごく効く感じがしてさ。ここで絶対に痩せてきれいになろうって、三十万のコースに入会した。劇団に入ったら、東京のひとってみんな痩せてきれいなんだもん。そしたら、脱毛とか美肌とかのコースもすすめられて、気がついたら借金が百万近くなってた。月賦にしてるけど、毎月三万ずつ払って三年以上かかるんだ。そのころにはエステのコースも終わってるのにさ」

それで最初に借りた家賃七万円のアパートを引き払ってここに来たそうだ。横に寝ころがっているちはるが、秋子のセーターの袖をまくり上げ、手のひらで腕を上下にさする。

「でもアッコ、きれいになってるぞ。お肌つるつるだ」

「お金かけてるから当然」

それを聞きながら、わたしは耳が熱くなってきて目を伏せていた。気づかないでほしかったが、察しのいいちはるは見過ごしてはくれない。

「あれ？　理夏、どうした？」

「いや、べつに」

べつにと言いながら、目があちこち泳いでしまう。

「おまえもなんか買わされた？」

「え、いや……う、うん」

「どっちなんだ！」

ちはるの怒鳴り声に「買わされた」と白状してしまった。

「どこで？」

「新宿で……」

「なんだよ。理夏も新宿かよ」

呆れたように、ちはるはくっくっと笑う。

「新宿駅の西口だった……」

上京前に書いたメモを見返していた。「京王新線《けいおうしん》に乗り換え初台《はつだい》で降りる」。簡単だと思っていたのに道に迷い、地下道のドブ臭と人混みに息苦しくなって地上に上がった。

そこも排気ガスが充満した人混みだったが、空が見えるだけで涙が出そうになった。西も東もわかっていないのに故郷と同じ空があり、故郷と同じ雲が流れていた。

「なんか、感傷に浸ってるときに、若い男に声をかけられたんだよね。お買い物？　女子大生でしょ？　おしゃれだね。きみ映画、好きでしょ？　意識が高い感じするもんね。頭いいでしょ、ってわたしのこと褒めまくるから断り切れなくて買ったんだ。映画の割引券。二十回見られて一万二千円」

「道で声かけられても相手にするなって教わらなかったの？」

秋子がそう言って、枝つき干しブドウの枝をつまみ上げて、干しブドウに食いついている。

「教えてくれるひとなんか、周りにいなかったもん。田舎じゃあ、道で話しかけられたら返事をするのがあたりまえだし」

寮で同室になった先輩は、台湾《たいわん》からの留学生だった。洋服と靴のブランドとレストランの話ばかりするので、映画の割引券を買ったことなど話題にもできない。

一週間後、映画鑑賞に出かけて初めておかしいことに気づいた。男から買った割引券が使える映画館は都内にほんの数軒、しかもそこで上映されるのは子ども向け映画ばかり。

「よく読んだら、使用期間が一ヶ月間だったんだ。怪獣映画を一回見ただけで、残りは使わないまま期限切れになった」

「はっはっ、高い映画だったなー」

ちはるの笑い声がやけに大きい。

「都会の洗礼っていうやつだ。まあ、勉強したと思うしかないね」

秋子も笑いをこらえた顔だ。

「いや、わたしは学ぶのが遅かった。まだある」

「まだあるの？」

つぎも新宿駅で、こんどは南口だった。「あなたは創造力に長《た》けて、人生を切り拓《ひら》く生き方を求めていますね」と声をかけられた。よく当たる占い師を特別に紹介すると言われ、喫茶店に行った。

「わたし、占いが大好きでね、その占い師がよく当たる気がしたんだ。それで、わたしは先祖の因縁を背負ってるんだって。身を守るために印鑑を買わなければ家族が不幸にみまわれるって言われて、七万円の印鑑を五本買った。それを払うのに寮費を使い込んで、それでも足りなくて、赤いカードでキャッシングした」

「バカだな、理夏は」

ちはるは呆れ果てて、眠そうな声だ。

「印鑑が五本って、多くない？　一本でいいよ」

「占い師は、東西南北の四本と、自分の一本だとかって、五が重要だって説明してた」

「うさんくさいなー」

「でもわたし、占いは信じてた。印鑑買ったから幸せになれるって、すごくうれしかった。お金なんか、ちょっとバイトしたらすぐ稼げると思ってた」

眠そうなちはるは、話の途中にときどき白目になる。秋子はすでに横になっているが、目は黒いので聞いているらしい。

「で、バイトしたの？」

「いや、できなかった」

服飾専門学校の授業は、実習の宿題が山ほどあった。バイトをする時間どころか寝る暇もない。しかも教材費が信じられないほどかさむ。毎月の小遣いから借金の返済をして、残りのわずかなお金でスーツやコートをつくる分量の布地を探しても、買えるのはセンスのない色柄の売れ残り品くらいだ。

「洋服ってさ、素材で決まるんだよね。お金をかければいい作品ができて、成績もよくなるんだ。学校なのに金銭力がものを言うのって理不尽だよ」

酒は飲んでいないので酔ってはいないが、そうくだを巻いた。

「おいまて、理夏」

半分寝ていたちはるが、充血した大きな目を丸くして言う。

「それは聞き捨てならないぞ。高い布地を使えばいい服ができるって、それはやる気がないやつの言いわけだ。やる気があれば、たとえシーチングだろうがおしゃれな服ができるんだ」

ちはるは高校の家政科で縫製を学んで、今は洋服のお直しの仕事をしている。家の事情で進学はできなかったらしい。

痛いところを突かれたので、これ以上なにも言えなくなった。

「とにかくわたしは、世間知らずだったせいで借金をつくって、親からもらった寮費を使い込んで、退寮になりました。学校もサボってます。それでこのコーポ服部に来ました」

炭酸の抜けたサイダーのマグカップを高くかかげて、わたしの発表は終わった。

「おう、そうか……」

横になったまま、ちはるがだるそうに手を叩いた。めずらしく部屋がしずまり、そんな発言をした自分がかっこわるく思えて恥ずかしくなった。

学校に行けなくなったのはお金のせいだけではない。わたしは自分には才能がないという現実を認めるのが怖くなって逃げだした。

ブティックをやっていた叔母の影響で、幼いころからデザイナーになることが夢だった。夢さえ忘れなければ、努力さえ惜しまなければ成功できると、そればかり考え、いちばん必要な才能というものの存在を認識していなかった。

同級生にファッションリーダーのオーラを放つ女子がいた。色彩感覚もデザイン能力も、英語の発音も語彙《ごい》力も、スタイルも容姿も、すべてがわたしとは比べ物にならない。長い脚で、モデルのウオーキングのように教室内を闊歩《かっぽ》していた。業界のトップまでその歩幅で上りつめることが約束されているようなひとだった。

彼女を見て、生まれながらに持つ才能というものを知った。わたしは自分に言い聞かせた。きっとわたしにも才能はある、彼女の何倍も努力をしたらそれが引き出せると。

学校でも寮でも、わたしはひとりも友達ができなかった。みんながライバルなのだから、ぬけがけしても蹴落としても、周りのひとたちより優位に立とうとあせっていた。

あせり過ぎて空回りして、自分でころがり落ちたというわけだ。わたしはバカみたいだ。

「つぎはちはるの番だよ」

秋子はすでに寝ているが、ちはるの打ち明け話も聞きたい。

「いいよ、あたしの話はつまんねえ」

目をつぶったまま、ごにょごにょとしゃべる。

「誰にだまされた？」

「忘れちまった」

「じゃあさ、三号室のひとは？」

「ああ、オムライスか？」

「尾村さん、オムライスっていうの？」

「ペンネームな。あたしがつけてやった」

「オムライスさんも、誰かにだまされてここに来たの？」

「あいつはな、大人たちにだまされたんだ」

「どんなふうに？」

「おまえには小説書く才能があるとかなんとか言われて」

「才能あるんじゃないの？」

「そんなもの信じたらだめなんだ」

ちはるはそう言ってから、秋子の隣りで寝息をたてはじめてしまった。半分くらい減っている一升瓶の首を右手でにぎったままだ。

「ちはる、寝ちゃった？」

仰向《あおむ》けに寝ているちはるの顔は、こうして見るとすごく整っている。鼻が高くて目と口が大きい。スナックのママでもいけるし、大型トラックの運転手でも、政治家でもいけそうな顔だ。

秋子から事情をちらりと聞いた。ちはるの何人目かの恋人が、歌舞伎町《かぶきちょう》のチンピラみたいな男で、連れられて入ったホストクラブで借金をつくり、まだ残っているのだという。

「ねえ、もう寝ちゃうの？」

酒に酔ったちはると秋子は、寝息をたてて本格的に寝入ったようだ。ストーブを止めて押し入れから毛布を出し、ふたりに掛けて自分もすき間にもぐり込んだ。

西隣りのマンションの一階はカラオケスナックだ。「トーキョーナイトークラブー」とエコーを効かせ過ぎの男の声と、ハモっているつもりなのか音程がずれた女の声が漏れて聞こえてくる。

「ここにいたら、寂しくは……ないね」

自分でもわかっている。わたしが上京してすぐに映画の券を買い、印鑑を買ったのは、寂しいときに声をかけられたから。それに東京で成功したいという思いだけがつよ過ぎたから。

誰かに話すことなどないと思っていた。ひとを信用し過ぎるのも、詐欺まがいのことにあうのも、田舎者で頭がわるい証拠だと笑われるのがオチなのだから。

でもちはると秋子にだったら話せそうだ。今日は言えなかったこともいつか話せそうな気がする。こんなオンボロアパートなのに、東京に来てから初めて居場所ができた。

毛布をふたりの肩が隠れるまで引っぱった。わたしはちはるの腕と秋子の背中にはさまって暖かい。明日は新宿駅東口の料理店でバイトの面接がある。希望していたアパレル関係の仕事は見つからず、残るは飲食業しかない。

道に迷いながらたどり着いた日本料理店は、ビルの一階と二階を使った宴会場だった。マネージャーと名乗る中年男性に、履歴書を読む前から「体験でちょっとやってみたら?」と言われた。

着物を着せてもらい出て行くと、自動ドアを入ったところに立たされ、ほどなく来店した男性団体客のひとりひとりに「いらっしゃいませ」と笑顔を見せる仕事を与えられた。

夜の十一時近くに帰るとちはるが待っていた。

「え、理夏、今日から働いたのか?」

「うん。着物で」

「自分で着たのか?」

「おばさんみたいなひとが着せてくれた。足袋《たび》とか肌襦袢《はだじゅばん》とか自分の持ってきてって言われたけど、ないって言ったら、しばらく貸してくれるって」

秋子は劇団の稽古のあと銭湯だ。わたしも行きたいが、あと数分さえも歩く気力が残っていない。

「忘年会シーズンだからな。料理屋は稼ぎ時だ」

ちはるは横になったまま缶ビールを飲んで、柿の種をぼりぼりかじっている。

「うん。すごく忙しい店でね、お客さん迎えたあとは、厨房《ちゅうぼう》でお盆にのった料理を受け取って、座敷まで運ぶことのくりかえし。着物で動くのってすごく疲れる」

「そうだな。帯がきついし足はひらけないしな」

いろんなアルバイト経験があるちはるは、仕事内容をすぐに想像できるらしい。

「それにね、座敷に着物のお姉さんが二十人くらいいるのね。お客さんのあいだに座ってお酌したりするひと」

「ああ、コンパニオンな」

「すっごく怖いんだ。座敷ではニコニコしてるのに、廊下に出ると、こっちお銚子《ちょうし》って言ってんだろー。早く持ってこいよーって、スケバンだね、あれ」

「でも給料、いいだろ？」

「うん。週払いだしね」

からだがだるかったが、汚れた足袋と肌襦袢は明日も使うので、バルコニーの流しで洗剤をつけ手洗いした。手がじんじんするほど冷たい。

バルコニーにちはるが来たのかと振り向くと、三号室の尾村さんだ。吊《つ》るしてあった洗濯物を取り込むようだ。相変わらず「こんばんは」と小声で言って目をそらす。

「寒いから、洗濯物乾かないよね」

わたしから声をかけた。

「これ、今朝洗って干したやつだけど」

自分の洗濯物を手でさわって尾村さんは「乾いてる」と言う。

「じゃあ、足袋も明日の夕方までには乾くかな」

「乾くと思う。ちはるもよく夜に靴下干して、つぎの日穿《は》いてた」

「あのひと、濡《ぬ》れたまま穿いてたのかも」

尾村さんは顔を赤くして、にこりともしない。でもシャイなだけで、わるい性格ではなさそうだ。

ちはるがここにいたころは、いっしょに洗濯でもしていたのだろうか。

「あの……昨日眠れなくて、たまたま話し声が聞こえて」

いきなり尾村さんが話しはじめたので水道の蛇口を閉めた。

「ごめんなさい。すっごい、うるさかったよね」

昨日の宴会では隣室など無視して大声で話した。

「いや、ホントにたまたま聞こえてきて、あの、私は……オムライスは大人たちにだまされたんだってやつ」

「え、ちはるの？　あ、あれは、酔っぱらいのたわごとだから信じないで。ごめんなさい」

「いや、たまたま聞こえただけ。でもはっとさせられてよく考えてみたら、私はだまされてたんだって気づいた。だから、ちはるにお礼言っといて」

「え、あの、ちょっと」

尾村さんはすばやく行ってしまった。二号室にちはるがいるのだから自分で言えばいいのに。すぐにちはるに伝えようとしたが、その声も隣りに聞こえそうなので、銭湯で話すことにした。

日本料理店でのバイト二日目だ。

今日は、エレベーター前に立ち、「いらっしゃいませ。どうぞお乗りください」とお客さんを促し、二階までエレベーターガールになるという任務だった。エレベーターのなかでお尻を四回触られた。声をあげると「新人さん？　かわいいねえ」と、おじさんの脂ぎってニタニタした顔を近づけられるので、それを回避するために四回目に触られたときには声もあげずに無視をした。

まだ着物で働くことに慣れず、石の靴を履いたような足を引きずってアパートに帰った。

「男って着物の女のケツ、触りたがんだよな」

「ちはる、着物着たことあるの？」

今日は秋子もちはるもそろっている。バイト先での一部始終を聞いてもらった。

「おお。銀座《ぎんざ》のクラブでな。ホステス全員着物なんだ」

「へー、知らなかった。ちはる、銀座のホステスもやったんだ」

「そのときママが言ってたんだ。お客さんは着物のお尻が大好きだから下着の線を出さないようにねって」

「え、ノーパンってこと？」

「まあ、そうだな」

話はつづいていたが銭湯が閉まるので、アパートを出た。ふたりはまたうちに泊まるのだろうか。

ちはるは三日連続で泊まっている。秋子も布団を貸しにくる流れでうちで寝る。

帰ったらすでに布団が敷かれているかもしれない。でもまあ、初めてのバイト体験を話せるだけで救われたような気持ちになる。お尻を触られた怒りもなぜか治まった。

日本料理店でのバイト三日目。

長襦袢と着物だけは自分で着て、帯は結んでもらった。

初日に着物を着せてくれた中年女性が、背中で帯を締め上げながら言う。

「今日からだって？」

「はい？」

「仕事に入るの」

「いえ、昨日もおとといも仕事しました」

「ちがうよ。二日間は研修だよ。あんたコンパニオンの新人でしょ？」

「え、コンパニオン？　わたしが？」

「あたりまえじゃないの。それしか募集してないよ」

今日の任務は、座敷で中年男性とからだを密着させて座ることだった。

アパートに帰ると、やはりちはると秋子がくつろいでいた。今日の仕事内容を話して少しでも怒りを共有してもらいたい。

「男のひとふたりおきに、コンパニオンひとり座らされるのね。そしたら、両わきのふたりを、わたしひとりで相手するってことになるんだ。そんなのできないよ。右にお酒注《つ》いで、左に話しかけられて。右に右手をにぎられて、左に左手をにぎられて、あたしゃどうしたらいい？」

「あはは」

秋子がゆびを指して笑う。

「笑いごとじゃない。そのうえね、昨日とおとといはコンパニオンの研修だから給料なしだって」

「なに？　じゃあ二日間働いたのは無給金だってのか？」

「そうだって。募集広告に研修期間ありって書いてあるって。でも無給金とは書いてないし、仕事もコンパニオンとは書いてなかったんだけど」

「なによそれ。ひどいね」

秋子はあぐらで紅茶と柿の種、ちはるは寝ころんで缶ビールと柿の種だ。

「理夏、おまえにその仕事は向かない。もっとちがう仕事があるはずだから探せ」

ちはるは社会人の先輩ぶった言い方をする。

「でも、探し疲れたから、もう少しがんばってみる。せめて家賃分くらいは」

とは言ったものの、胃のあたりが痛んでなかなか眠れなかった。

バイト四日目だ。

日本料理店に向かうため小田急線に乗ると、車内のサラリーマン風中年男性がみんな気味のわるい妖怪に見えてきた。酔ってニタニタ笑うもうひとつの顔が、後頭部に貼りついているみたいで。コンパニオンの仕事をつづけたら、世のなかすべての男性が妖怪に見えてしまうのではなかろうか。

向かう途中、男性への嫌悪感が抑えられないほどふくらんできて、店に着くなりマネージャーの前に行き、借りていた肌襦袢と足袋を差し出した。

「あの、わたし、ちょっとこの仕事は……」

「はいはい。うちからもお断り。昨日のお客さんから、女の子が硬過ぎて酒がまずくなったって苦情がきてたからさ」

「え……」

あんなに手をにぎられて、酒臭い息を吹きかけられたのに。

「あ、でも、昨日働いた、お給料は……」

「着物の貸し出し料と着付け代、引かせてもらうから」

給料を受け取り、頭だけ下げてそこを出た。

仕事をせずに帰ったので、アパートに着いたのはまだ夕方だ。ちはるが押し入れ前のカウチソファーに腰掛けていた。

「これ、さっきアッコと運んできた」

カウチのことは昨日から聞いていた。ちはるの職場の近くで粗大ゴミとして捨ててあった、籐《とう》製で花柄クッションがのった、部屋に合わないアンティーク風のものだ。

「ちはる、わたし、また東京がきらいになった」

カウチのことよりも重要な、さっきあったことをいっきにまくしたてた。

「そうか。で、いくらもらえた？」

「三千円。三日間も、あんなに働いて、電車代もかかってるのに」

それも封筒にも入れられず、マネージャーの内ポケットの分厚い長財布からつまみ出された千円札三枚だ。

「つぎ探せよ、理夏。なにかあるって。あたしも水商売と堅気の商売、転々としたんだぞ」

池ノ上のちはるのアパートで炊いたという、しょう油ごはんのおにぎりを食べさせてくれた。おかかを混ぜてある。ちはるの手料理は初めてだ。美味しくて夢中で食べた。

食べ終わるころに買い物に行っていた秋子が帰ってきた。

「ちょっと、ちはる、たいへん」

戸を開ける勢いはいつもよりすごいのに、声だけひそめて秋子が言う。

「どうした？」

「表に男が立ってた。カギ開けようとしたら、ちはるはここにいるかって訊かれた。いない、連絡先も知らないって言ったら駅のほうに歩いてった。前に来てたやつとはちがう男」

「そうか。またあたしのこと捜してんだ」

「だいじょうぶ？　ちはる」

「まったくな。もっとましな金づるつくれって。あたしんとこ来て五万や十万せびるんだから、最低のチンピラ野郎だ。ぜったい出世しねえ」

声をひそめたまま、ちはると秋子は話している。表には出ないほうがいいだとか、池ノ上のアパートも見張られているだとか。事情を知らないわたしは、疎外感でいっぱいだ。

「ねえ、どういうこと？」

居たたまれなくてそう訊いた。

「ん？」

いつになく、ちはるの頰がこけて見える。

「なんで、わたしだけ知らないの？　そんなに怖いひとが、表に立ってるんだったら、わたしだって出入りするの怖いじゃない」

「ん、そうだよな。ごめんごめん」

困った目をしてちはるは言う。悪気はなかったみたいだ。

「あたしさ、歌舞伎町の飲み屋で働いてたときによ、チンピラ野郎とつき合って、そいつに連れて行かれたホストクラブで遊んだんだ。そんとき、ぼったくられてさ」

それは前に秋子が話していたが本当だったのか。

「飲み代？　いくら？」

「三人くらいで朝まで飲んで、二百万だった」

「は？　ひと晩で？」

「おお、そうだ」

「うそ……」

「あたし、酔っぱらってて、なに飲んだかおぼえてないし、チンピラ男がなんとかしてくれると思ったから、こんど払うからって帰ったんだ。そしたらその男、一銭も払わないって、おまえが払えないならこの店で働いて返せって、こんどは風俗店に連れて行かれてよ。そこでずいぶん働いたのに、なかなか借金がなくならないんだ。そんで、そっから逃げたんだけど、チンピラ仲間だか子分だか知らないやつらに見つかって、今だに取りたてにくるって話」

「払ってるの？」

「いくらか払えば、とうぶん来ないんだ。払わないと職場にまで来て脅すから、クビになっちゃって、めんどくせえんだ」

「警察とか、弁護士とかに相談したら？　借用書はあるの？」

「なんもねえ。えらいひとに相談したって、どうせバカを見る目で憐《あわ》れまれるだけだろ？　都会のエリートさんに憐れまれるのなんか、まっぴらごめんだ」

それはよくわかる。映画の券や印鑑を買ったときにも、誰かに相談をしたところで地方出身の専門学校生だからという目で見られるのがいやで、ひとりで抱え込むことにした。

「ちはる。今日も泊まっていいよ。うちから仕事に行きな」

「おお、そうか。じゃあ、そうさしてもらうな」

田舎者同士、せめて助け合わなくては。

「だけど、東京ってどうしてそんなに悪賢いやつがいるんだろう」

そう口にしながら、頭のなかではさっきちはるが言った風俗店のことが引っかかっている。ちはるがさらっと言ったことで、なまなましく感じた。

「地元だったらみんなに顔が知られてるから、わるいやつがいたら町中でやっつけに行くのに」

風俗店とはいったいどんなことをする場所なのか。

「そもそもさ、地元だったら、みんながお互いに見張ってるから、わるいことなんかできないよね」

頭のなかで風俗店の妄想がふくらみ過ぎて饒舌《じょうぜつ》になっている。その頭に水を浴びせるように秋子が低い声でつぶやいた。

「みんながお互いに見張ってる地元がいやで、東京に出てきたんでしょ」

黙るしかないので、風俗店についてはいつか勉強することにする。銭湯には秋子とふたりで行くことにした。ちはるは、チンピラ男の仲間に見つかるとまずいから留守番だ。

秋子と手をつないでおそるおそる玄関を開け、周囲を見回して、塀をつたい電柱と自販機に隠れながら歩いた。

行きになにごともなかったので、帰りは気が緩んでいつもの状態に戻る。

十二月の夜の冷気が心地よいほどからだがあったまっている。秋子もわたしもマフラーをはずして手に持って歩いた。秋子は劇団の稽古の話をはじめた。

「誰よりも努力を積んで実力を身につければ女優になれると思うなって、劇団の代表に言われた」

「どういう意味？」

「代表が言うにはね、『売れるか売れないかは才能だ。才能のなかには運がいいという意味も含まれている。実力があっても才能、つまりは運がないと、一生売れることはない』だって」

「じゃあ、どうしたら運がよくなるの？」

「私もそれ考えたんだ。お守りとか天然石を持つとか、先祖の墓参りをするとか、いろいろ言うひとはいるけど、私はさ」

「うん」

「自分を好きになることだと思うんだ」

秋子はマフラーを持った右手を、バレエを踊るみたいに高くかかげた。

「地方出身者ってコンプレックスつよいよね。自分に自信がないと、ひとにだまされたり、無駄なことにお金使ったり、ろくなことがないんだ。だからうそでも自信満々のふりをして『私は女優よー、みなさーん見て見てー』って自分をアピールするの。そしたら運がよくなると思うんだ」

「それはもっともだね」

本当にその通りだ。わたしに言われているみたいだ。コンプレックスがつよ過ぎるからひとにだまされる。自信を持てば、そんなやつらは寄ってこないはずだ。

秋子はこんなに着々と夢への階段を上っている。わたしよりも数段、いや、ずっと上を進んでいる。

うらやましくて、わたしが追いつくまで待っていてほしいと思ってしまう。

「理夏のバイトはどうだった？」

「え、ああ、話してなかったね。やめたんだ」

悔しかったが、今日のできごとをすべて話した。

「そっか、じゃあまた別の仕事探しなよ」

しばらく秋子は黙ったまま歩き、「あ」と立ち止まった。

「なに？」

「今日ね、アンゼリカのバイトの子がひとり、やめるって言ってた。たぶんその子がやめたらバイト募集すると思う。理夏、やるんなら訊いてみるけど」

「パン屋さんか……」

アパレルとは遠い職種かもしれないが、手作業ということでは似ている。それにコンパニオンよりは百倍いい。

「やりたい。やりたいけど」

わたしは短期で高収入の仕事を探していたのだ。

「お給料がもらえるのは一ヶ月ごとでしょ？」

「そうだね」

「だって、今月末の家賃が払えないから、日払いか週払いのバイト探してたんだもん」

「そうか、貸してあげたいけど、私も借金あってぎりぎりだしな」

アパートに帰るとちはるがカウチソファーに寝そべりながら、お尻をぽりぽり搔《か》いていた。秋子を交えた三人で、わたしの金銭問題について話し合った。

「暮れに金がないのはつらいべな」

「食費と銭湯代は、なんとか足りそうなんだ。月末に支払うのは、家賃の二万四千円と、赤いカードの一万二千円」

「三万六千円か」

ちはるは、お尻を掻きながら考えている。

「自分でなんとかするよ。ごめんごめん、もういいよ。わたしの問題だから」

そう話を変えようとしても、ちはるは無視をしてつづける。

「アッコのバイト先は、時給安くてもちゃんと毎日働けるんだろ？」

「うん。週五日」

「じゃあ、理夏、おまえは安定した仕事についたほうがいい。今月だけ凌《しの》いだら、あとは心配しなくていいんだからさ。今月分はあたしにまかせておけ、な」

「いいって。ほかのバイト探すから」

遅くまで話し込んで、今日もちはると秋子はうちに泊まった。

深夜に、足が痒《かゆ》くなり目を覚ました。爪で掻いているうちに痒さが尋常ではなくなってきた。起き上がって隣りを見ると、秋子も寝ながら足首に手を伸ばしポリポリ掻いている。

「ねえ、ちょっと、虫がいる」

蛍光灯を点けてふたりを起こした。自分の足首を確かめると赤い点々ができている。

「ぎゃー。虫、虫、虫」

起き上がった秋子も「痒い、痒い」とわめきはじめる。ちはるは鈍感そうだが、そういえば寝る前からやたらとお尻をポリポリ掻いていた。

「なんだよ。虫？　あ、こりゃ、蚤《のみ》だ。ネコかなんか、いるのか？」

寝ぼけ顔のちはるがわたしと秋子の足を見て言う。あまりの痒さで「いるわけない。蚤なんか誰が連れてきたの！」と叫んだが、ちはると秋子は首を横にふる。

「じゃあ、なんなの」

「あ、わかった。これだよ。これ」

ちはるがカウチソファーをゆび指した。秋子とわたしが同時に叫んだ。

「あーーーっ」

持ち主はペットを飼っていたのだ。そもそもこのカウチはペット専用だったのかもしれない。そのカウチの下に足を差し込んで寝ていた。ちはるはその前からここに座っていた。

秋子の部屋に逃げ込み、シングルベッドに三人がぎゅうぎゅう詰めになって、眠りにつけないまま夜が明けた。秋子とちはるは眠いだの痒いだのとぐだぐだ言いながら仕度をして出勤した。

わたしは今日の予定はない。

二号室に戻りカウチから離れた窓ぎわで、拾った新聞の求人広告を見ながらごろごろしていた。ちょっと労働意欲を失っている。

西の窓をわずかに開けて換気をした。師走は配達が多いとみえて、はす向かいの酒屋から瓶のぶつかり合うにぎやかな音が聞こえてくる。

専門学校に行かなくなってもう三週間近くたつ。授業はどこまで進んだのだろう。自分で描いたデザイン画から実物を製作しているかもしれない。

思えばわたしの挫折のはじまりは十月のあれだ。寮長から退寮するように言われ、身の振り方を考えたときにがっくりと力が抜けた。寮にそろっていたすべてを失うと気づいたからだ。

布団も食事も風呂も。なによりもミシンだ。学校で出される毎日の課題が、ミシンがないことにはできない。印鑑などを買っている場合ではなかったのだ。そのお金で工業用ミシンが買えた。

誰かにミシンを貸してもらおうか。寮のミシンをこっそり使わせてもらおうか。そう考えはじめてから、学校にも寮にも相談できる友人がいないことを思い知らされた。

入学してからコンパに誘われたことも、集まって課題をしたこともない。だからといって、遊びもせず、ひとりで時間をかけて製作した作品が評価されることもなかった。

少したったある日、徹夜して縫ったスカートを、講師に「地味」と酷評された。そしてあの、ファッションリーダー的存在の同級生の、ほんの一時間で縫った作品が絶賛されているのを見た。

翌朝、学校の近くまで行くと足がふるえだし、息が苦しくなり校門をくぐれなかった。近くの新宿中央《ちゅうおう》公園までやっと歩いて石の階段に座った。そのまま日が暮れて夕方になった。

その日からわたしは学校をサボって、バイトも見つからず、蚤に食われてここにいる。


夕方ちはるがやってきた。

「キンカンもらってきたぞ」と茶色い小瓶をかかげる。掻き壊して血がにじんでいる足を差し出すと、瓶のフタ裏についたスポンジをあててくれる。

「そのキンカンの瓶、なんか古くない？」

「そうだな、うちの職場のじいちゃんが使ってたやつだから戦前のかな」

「え、うそでしょ」

足がかっと熱をもって悲鳴が出た。

「しみるよ、ちはる。もういい。やめて」

「しみるってことは、効いてるんだ」

そう言うとちはるはキンカンをわたしの手に渡し、四つん這いになりお尻をこちらに向ける。ジーンズを下げると下着のわきに赤い点々がある。スポンジで一ヶ所ずつぬっていった。

ちはるはのけ反りながら悲鳴をあげ、十ヶ所ほどぬり終えたときには、精根つき果てたように肩で息をしていた。ジーンズを下げたままお尻を冷ましている。

「あ、そうだ、思い出した」

大事な伝言を忘れていた。

「なんだよ」

「三号室の尾村さんが、お礼言っといてって」

「なんの話だ？」

「わかんないけど、ちはるの声が聞こえたんだって」

「なんだ？」

「尾村さんもだまされたってやつ」

「はあ？」

「教えてくれてありがとうって」

「なんなんだそれ」

四つん這いになったちはるが三号室に向かって遠吠《とおぼ》えのように叫んだ。

「おいオムライス、おまえはいつも、わかりにくいぞー」

これは尾村さんに届いているだろう。

しばらく休んでからちはるはジーンズを穿き直した。そして手提げ袋に手を入れると財布を取り出し、裸のままの三万六千円を「ほら」とわたしの前に差し出した。

「パン屋でちゃんと働いて、給料から返せ。三ヶ月の分割でいい」

そう言ってちはるはおひるね布団に座って足を投げ出し、後ろに手をつく。

「いいよ、ちはる。わるいよ」

いったんは、ちはるの手のわきに置いた。

「貸すだけだ」

「どうしたの？　このお金」

「奥の手だ。質屋。あたし成人式用に振り袖を自分で買ったんだ。まあ、成人式出なかったからいっぺんも着てないけどな。それを質に入れただけ。三ヶ月後に金を持って行けば返してもらえる。持って行かなくても質草が流れるだけで取り立てにこないし電話もこない。金つくるには質屋がいちばん安全なんだぞ」

「ごめんね、ちはる」

ひざの上に受け取ったお金が、涙でゆがんでくる。

「理夏、洟たれてるぞ」

「うん」

ちはるの大事な振り袖が質流れにならないように、ちゃんと返すと約束をした。

深夜になりカウチソファーを三人で運び、元のゴミ置き場に戻した。

キンカンの効き目が薄いのか、蚤に刺された足は数日間、猛烈に痒かった。ちはるは痒さを紛らわすため、仕事中に立ち上がってはお尻を叩いていたそうだ。

カレーパンサイドライン

工房にC—C—Bの曲が流れている。冷蔵庫わきのフックに引っ掛けた、黒い携帯ラジオからだ。巻きつけた油よけのビニールのせいで選局ができず、ずっとFM東京だ。

正月の三日から、下北沢のパン屋さんアンゼリカで働きはじめてこの二週間、洗い物と翌日の仕込みを担当している。昼休憩の前はだいたい洗い物で、休憩をはさんで仕込み。

仕込みと言ってもわたしは食品を扱うのではなく、道具の手入れをしている。パン生地の下に敷くキャンバス地のマットには小麦粉をふってある。その粉をしっかり落としてきれいにするために、スケッパーでこそげ取るのだ。マットは三十枚ある。そのほかに手洗いする大きな布巾も三十枚ある。

そんなわけで、パン屋さんとは言え、多くは肉体労働であり毎日が筋肉痛だ。でもこの筋肉痛がまったく苦痛ではない。まっとうな労働をしている証《あかし》にも思える。コンパニオンのバイトのあとなのでよけいにそう感じる。

「理夏、どう？　今日のお尻」

通りがかった秋子がすれ違いざまお尻を向けて、わたしのお尻を押した。

「あ、今日もアッコはいいお尻だね」

アンゼリカの工房は作業台を両わきにして中央に通路がある。やっとふたりがすれ違えるくらいの通路が作業場所でもある。五人の従業員が上手《うま》く住み分けて作業をする。

ここで働きはじめてわたしは、パンの弾力よりも先に人間のお尻の弾力を知った。男性であれ女性であれ、お尻というのは意外にやわらかく、ぶつかり合うと面白いほど弾む。

秋子にそれを話すと面白がって、せまい通路ですれ違うたびにわざとお尻をぶつける。

「お腹《なか》すいたね」

秋子が耳元でささやく。

「もうペコペコ」

朝からずっと湯を溜《た》めたシンクの前に立って、もうすぐ正午だ。バット類とパン型類はおおかた洗い終わった。千切りキャベツのザルも、リンゴを煮詰めた鍋も洗った。クッキー生地を練ったボウルとアイシングをつくったボウルも洗い終わった。このプディング液を混ぜたボウルを洗えばひと区切りつく。そうすれば賄いを食べに二階へ行ける。

「これ、お願いね」

「あ、はい……」

両手を突っ込んでいるシンクに、永井《ながい》先輩がステンレスボウルを滑り込ませた。なかなか区切りがつかないのはいつものことだが、空腹は十九歳のアルバイト女を狭量にさせる。

「理夏ちゃん、疲れてる？」

「ぜんぜんです……」

「顔怖いよ。もうちょっとで休憩だから」

「はーい……」

工房のアルバイト組は秋子とわたしのふたりだけだ。中心は店主のマスターと、妻であるの子さんで、その下にベテランパン職人が三人いる。

四十代であろう女性、永井先輩と、山口《やまぐち》先輩は、近所で家庭を持っているそうだ。ふたりともたんたんと作業をして、アルバイト組が困っているときにだけ指導してくれる。

このふたりと比べてしまうのが、もうひとりのベテラン男性だ。開店当時からいるという浜本《はまもと》チーフは五十代だろうか。無駄にプロ意識がつよく仕切りたがりだ。

「理夏さん、手の動きがゆっくりになってないですか」

やはり浜本チーフは遠目でわたしの動きをチェックしている。

「はい」

むっとして、スポンジをすばやく動かした。水しぶきが顔にかかって、さらにむっとした。

「わるいね、これもお願いできる？」

山口先輩がステンレスバットをそっとシンクに入れる。

「あ、どうぞ」

「もうすぐお昼に行けるから」

「はい、がんばります」

バットの端にカスタードクリームのかたまりがついていた。舐《な》めようとゆび先を蛇口の下で洗っているうちに水中に沈んでしまった。唾だけ口に溜まってそれを飲み込んだ。

働きはじめたころ、あまりの空腹で木べらについていたカレーあんをゆびで舐めたことがある。わたしが知っているカレーライスのルーとは別物で驚いた。水っぽさがなく粘りがつよいカレーで、肉の旨味《うまみ》と野菜の甘さがぎゅっと詰まった味だった。そのあとからいろいろなスパイスの刺激が口のなかで順々に弾《はじ》けてきた。

たぶんあのカレーはごはんにかけても美味しくはない。パンと合わせて食べることで初めて完成する味なのだろう。パンについてはド素人《しろうと》のわたしでもそれがわかった。

いつかここのカレーパンの味を言葉で表現するチャンスがきたら、こう言おうと思っている。

「バランスです。生地とカレーあんとの組み合わせが完璧なのです。油で揚げた表面の香ばしさと、もっちりとした生地の甘さ。そこに加わるカレーあんの刺激的な辛さ。それらが口のなかで合体したとき、絶妙な味になるのです」

下北沢といえば「アンゼリカのカレーパン」と知られるくらいだから、いつかわたしにもテレビの取材がくるかもしれない。マイクを向けられたときに上手く答えられるようにしておこう。

やっと昼ごはんだ。二階のドアを引くと、正面の椅子にマスターが座っていた。大きなからだで椅子の背もたれが見えないので、鎮座する仏像のようでもある。

「理夏ちゃん。お疲れー」

「お疲れさまでーす」

テーブル席につくと向こう側からマスターが、細い目をさらに糸ほどに細めてこちらを見る。仏像というか、大黒様《だいこくさま》みたいだ。

「はい、これサラダね」

キッチンに立っていたマスターの母上が、すぐに小鉢と箸立てを並べてくれる。店の二階に住み、毎日従業員の賄いをつくっているのはマスターの母上だ。小柄な女性で、どうやってこの大黒様を産んだのかふしぎになる。

「今日は酢豚だから、ごはんはおかわりしてね。あとは白菜と卵のスープ」

「わあ、美味しそう。いただきます」

毎度感動する賄いはやはり今日もまろやか味の酢豚で、酢が苦手なわたしでも箸が止められない。北海道の母が見たらどんなにびっくりすることか。

正面のマスターと目が合った。

「理夏ちゃんって、ホント、美味しそうに食べるよね」

「お腹すいてたんで。ここの賄い、最高に美味しいです」

こちらを向いて母上がにっこりする。

「美味しいって言ってもらえるとうれしいからね、一ヶ月毎日メニュー替えてるの」

「え、じゃあまだ食べたことないメニューがでてくるんだ。楽しみ」

母上はにこにこしながらキッチン台でメモを取り、明日の賄いの買い出しに行った。

もともとはマスターの父上が看板ワンちゃんを傍らにタバコ販売店をやっていたこの場所で、洋菓子店をはじめたのは母上だ。博識の父上がエンゼルの意のアンゼリカと名づけた。

長男であるマスターが店を継ぎ、神戸《こうべ》のパン屋さんで修業していたときに出会ったの子さんと結婚し、ふたりでパン販売を主にするようになったのが数年前。

父上が亡くなってからはタバコ販売店を自販機にし、母上は店の仕事を若い世代にまかせて、従業員の賄いづくりを担当するようになった。と、それらの情報は工房で聞いた。

「マスターは、もうお昼、召し上がったんですか？」

「いいや」

「これからですか？」

「ううん。僕これから浅草《あさくさ》にロシア料理、食べに行くの」

「え、浅草？　浅草までこれから遊びに行くんですか？」

「遊びに？　アハハ。遊びも半分あるかな？　料理の勉強するってのが前提だけどね」

「あ、そうか。そうですよね。新しいパンを、日夜考えているんですよね。そりゃあそうですよ。だからあれだけのパンがつくれるんですよね」

「カレーパンと同じくらい人気がでそうなパンを考案中なんだ」

「そうなんですか。すっごい楽しみです」

マスターは早朝から作業をして、バイト組が出勤する時間になると工房から姿を消す。こうして二階にいることもあれば、出かけることもある。それは味を研究するためだったのか。

大きなマスターがミニスクーターで商店街を通り抜けるのは下北沢名物になっている。ちなみにスクーターはマスターが乗るとミニに見えるだけで、実際は普通サイズだと最近知った。

ふらふらしているマスターのことを、わたしはてっきりフーテンの寅《とら》さんに近い人種ではないかと見ていたがそうではないらしい。この店のパンはすべてマスターが考えた味だ。食べ歩きをしながら新作パンのアイディアを見つけてレシピを考えるのがマスターで、それを忠実に形にして店に並べるのがのの子さんという役割分担だろうか。

多くを語らずコツコツと作業をするのの子さんは、まさに寅さんを支える妹のさくらというイメージで、決して出しゃばらないのに技術はマスターよりも確かなようだ。

とにかくこの店の大黒柱は、見るからに安定感のあるマスターであり、たとえふらふらいなくなったとしてもマスターの店という安心感にお客様も従業員も支えられている。

「おかわりいただきまーす」

「どうぞ」

酢豚を半分残してごはんをおかわりした。炊飯器のフタを開けてよそっていると、マスターは「じゃあね」と立ち上がり、ゆっくりと横歩きをしながらドアに向かった。

「あ、行ってらっしゃい」

マスターが外階段を下りて行き、わたしは残りの酢豚をじっくり味わった。白菜と卵のスープをおかわりしようと立ったときだ。

「ちょっと理夏、いつまで食べてんの！」

秋子が乱暴にドアを開けて入ってきた。

「え、まだスープのおかわりが」

「食べ過ぎだよ、理夏」

工房の仕事が一段落ついたそうで、今日はふたりで食べてもいいと言われたらしい。それを聞いてわたしは、もう一回ごはんのおかわりをした。

秋子がこの店でよく動きよくしゃべりよく食べ、のびのびと働いてきたおかげで、人見知りのわたしも同類として扱われ、のびのびとしていられる。こんなに気楽なのもすべて秋子のおかげだ。

仕事終わりのあいさつをすると、売り場にいたのの子さんに呼び止められた。

「秋子ちゃんは、劇団の稽古？」

「はい。先に帰っちゃいました」

「じゃあ理夏ちゃん、わるいんだけどお使い頼まれてくれない？」

簡単なお使いだ。売り場で余分になったパン数個を袋詰めにして、近所の商店にお裾分けする。

花屋さんはごく親しい間柄らしく「あら、いつもすみませんね」と喜んでもらえた。しかしもう一軒が問題だ。お使い先は、うなぎ野田川だった。

公衆電話を使っているといつも覗き見る、あのひとがいるかもしれない。このあいだ、あとから考えると理由がわからない言い合いをしてしまった。顔を合わせるのがかなり気まずい。

まだ開店前らしく、換気扇から煙は出ていない。勝手口は開け放ってあり、近くまで歩み寄ると下駄のなるような音がする。そっと覗き込んでみた。

「あ、なんで覗くんだべさー」

あいつだ。戸のすぐ裏にいた。ダンボール箱から長ネギの束を持ち上げている。

「なんだべさなー」

「あの……」

「なんで覗くんだべさな」

「え、だべさな？」

さっきから、わたしの北海道弁をまねているつもりだったのか。

「だべさなは、北海道弁になってないけど」

「ちょっと、待って」

持っていた長ネギを奥の流し台に運び、また戻ってきた。奥には板前さんが何人かいるようだ。

「なに？　なんか用？」

手に提げていた黄色いポリ袋を胸まで持ち上げた。

「うちのお店からです。よろしかったらどうぞ」

「え、この袋、アンゼリカ？」

わたしの手から袋を奪い取る。

「アンゼリカでバイトしてんの？　なんだよ、近所じゃん」

じゃんなどと言って、都会の言葉を自由に使えることを自慢しているのか。

「アパートの仲間が働いてて、紹介してもらった」

「そうか。じゃあ、夢をかなえるの、遠くなったな」

「え、夢？」

「夜霧のハウスマヌカンになりたかったんだろ」

「ちがうよ。服飾デザイナーだよ。アパレルデザインの専門学校に行ってたんだから」

先月までは、アパレル関係のバイトしか探していなかったのを思い出した。たった二週間働いただけで、わたしの夢はもともとパン職人になることだったと錯覚してしまう。

「デザイナーとハウスマヌカン、どうちがうんだ？」

「ぜんぜんちがう。うなぎ焼くひとと、運ぶひとみたいなちがい」

「ああ、それ、ぜんぜんちがうじゃん」

「わたしは、うなぎ焼くひと側、洋服をつくるひとになるの」

なぜわたしはこのひとに、むきになって説明をしているのだろう。

「じゃあ、ご近所さんの同級生ってことで、よろしく。遊びに来てよ」

仕事着に刺繍《ししゅう》された野田《のだ》というネームをゆび指しながら「野田タカシ」と自己紹介した。いちばん下の見習いで、代田《だいた》にある従業員アパートに寝泊まりしているそうだ。

「ホントに風呂入って寝るだけの部屋な。あ、オレの野田って姓は野田川とはなんの縁もないから。なんか親戚の店にコネで就職したみたいに思われるけど」

わたしは学校ではエンザキ、今のアパートでは理夏と呼ばれると話すと「理夏ちゃんか、おぼえやすいじゃん」と、またじゃんを使った。わたしは恥ずかしくてなかなか使えないが。

野田君は袋からカレーパンをつまみ上げてひと口かじり、「んー美味《うま》いなー。ありがと。また持ってきて」と笑顔を見せるので、つい素直に「うん」と頷いてそこを離れた。

ジャズ喫茶マサコの前から裏路地を抜けてアパートに帰った。

都会で働いている野田君は、地元の男子たちよりもずっと大人っぽい。クラスの男子たちはシャイで怖がりで、わたしたち女子とは緊張しながらやっと話すような感じだった。

それともあのシャイな田舎の男子たちも、都会に出たり大学生になったりして、今ごろは「じゃん」などと自然に口にしながら、女子大生とコンパでもしているのだろうか。

デザイナーの話をしたせいで、また学校に行っていないことを思い出してしまった。頭のなかで、このまま中退する結論がでかかっているが、逃げていいのかとも自問する。

学校のことを忘れていられるほど忙しく働いた。まだ真冬の寒さがつづく二月だ。

事故がおきた。ベテランの永井先輩が、油の一斗缶《いっとかん》を運ぼうとしているときに手をすべらせ、自分の足の上に落とした。白いスニーカーがみるみる血で染まった。

マスターが背中におぶって近くの病院に行き診てもらうと、足のゆびが三本も骨折していた。幸い入院せずにその日のうちに自宅に帰ったのだが、仕事は当分休むことになった。

大きなケガで心配なのもあるが、工房のほうの心配もある。大口の注文が続いている時期なのだ。

「じゃあ、一時間早く出勤します。二時に」

「わるいね」

「僕も二時に来ますよ」

残されたベテラン組とのの子さんがそう話し合っている。バイト組もなにかできることはと待っていたが、いつも通りでいいと告げられた。

あくる朝いざ六時に出勤してみると、工房にはいつもとちがう緊張感が張りつめている。

「ドーナッツ類を先に揚げてね」

「あ、すいません。忘れてました」

「焼きそばはできた？」

「まだです。すいません」

めずらしくつぎの作業を確認する声が飛び交い、パン生地を混ぜるミキサー音がひびく。いつも午前中はひっきりなしに回っているのだが、今日はなぜか機械音までがあせって聞こえる。

「えっと、秋子ちゃんと理夏ちゃん、カレーパンの分割をお願い。六十グラムね」

「はい」

浜本チーフが大型バットに両手を突っ込み、発酵したパン生地を作業台に移した。どっかと横たわる生地は、白いオバケが食べ過ぎた腹を見せて寝そべっているように見える。

秋子と並んで分割作業をはじめた。生地をスケッパーでカットして、六十グラムずつに計量する。秋子は一回でできるが、わたしはカットをしたり足したりの調整が二回くらい必要だ。

分割したかたまりはガスを抜きながら丸めて、布地を敷いたバットに並べる。上からキャンバス地をかけて発酵するのを待つ。

「秋子ちゃんと理夏ちゃん、それ終わったらカレーパンの成形までお願いしていい？　秋子ちゃんはできるわね」

「あ、はい。できます」

秋子がまずパン粉をトレーに広げる。ボウルに水を入れてその横に置く。パン生地を左手の上にのせ、パレットナイフでカレーあんを詰め、生地を引っぱりながらとじる。とじた部分を右手でつまみ、ボウルの水に半面だけ浸《つ》け、それをパン粉にのせてしっかり押しつける。パン粉がついたほうを上にして布地を敷いたアルミトレーに並べる。

見よう見まねで秋子と同じようにゆび先を動かしているつもりだが、パレットナイフでカレーあんを詰めてからが上手くできない。あんを中心に生地を延ばす力加減が難しい。

「え、これ、包める？」

「生地を持ってるほうの手も使うの、パレットナイフであんを押さえたら、手のひら全体で包み込むように」

「え、わかんない」

頭のなかのイメージはでき上がっているのに、秋子のように生地を簡単に延ばせない。

「あ、ベタベタしてきた。手にくっつく」

「打ち粉して」

「え？」

「小麦粉をちょっとつける」

手を使う作業がこれほどできないのは初めてだ。針仕事が得意で手先は器用なはずなのだ。

「アッコ、ちょっと失敗した」

「あ、それじゃあ、揚げたときに破裂して中身が出るかも」

「そうだよね」

なんとか三個、丸めてみたが、生地が薄くなっている部分に黄色いあんが透けてみえる。

「理夏、今日は練習してる余裕はないから、揚げるほうをやってみる？」

「うん。できるかな」

秋子がのの子さんに話して、フライヤーの使い方を教えてもらった。

「成形して二十分くらい置いて、発酵させてから揚げるのね。それは私がチェックするから。油の温度は百七十度くらいなんだけど、このフライヤーも旧式でね、メモリが正確かどうかもわからないの。だから調節しながらやらないといけないの」

「は、はい……」

「揚げる時間は片面一分半から二分くらいだけど、タイマーかけてもその日の気温によって揚げる時間は変わるから、目で見てふくらみや色で揚げ具合を判断するの。きちんと教えてあげられなくてわるいんだけど、なんどか失敗しても、からだでおぼえるしかないのよ」

「はい、わかりました」

「こんな感じで、すべらせるようにね」

ののの子さんが二個のパンを油に入れたのをお手本に、入れ替わってやってみた。両手のゆびを広げて発酵したパンをそっと持ち上げる。それだけの動作なのに緊張する。

ゆび先に力が入り過ぎるとゆびあとがついてしまうかと心配になり、かといってあまりにやわらかくつかむと生地だけ持ち上がって破いてしまいそうだ。

「これ、すごくふわふわして、ちょっと、これ、あれ」

やっと持ち上がったときには、せっかくふくらんでいたパンにゆびがめり込んでいる。

「だいじょうぶ。手前からすべらせるように入れて」

ののの子さんの言葉を聞き終える前に、左ゆびの間からすべり落ちたパンが腹ばいの状態で勢いよく油に飛び込んだ。

「あぶない」

油のしぶきが空中に高く跳ね、危うく顔に届きそうだった。とっさにののの子さんが腕をつかんで引いてくれ、油のしずくは足元に落ちた。

「熱くなかった？　理夏ちゃん」

「ちょっと、理夏、なにやってるの」

斜め後ろにいる秋子が大きな声をあげるので、工房内の全員がこちらに注目した。視線を浴びた拍子に「やだーもうー」と母にそっくりな甲高い声を発してしまった。

「やだーじゃないでしょ。ちゃんとやってよ理夏」

秋子の声には反応せず笑顔をつくり、右手に残っているもう一個を油に流し入れた。そのあとでかっと耳が熱くなった。みんなの前で失敗することなど、小学生のとき以来だ。

体操の授業で苦手な後ろ回りをマットの上でなんどもやらされ、恥ずかしさのあまり泣いてしまった。あのときに、ひと前で恥をかくような職業にはつくまいと心に決めたのだ。

「だいじょうぶよ。最初は誰だってできないわよ。一、二回やってみたらすぐできるようになるから」

そう言いながらのの子さんは、お手本で入れた二個のカレーパンを菜箸で裏返した。もうすでに片面はキツネ色になっている。

「音をよく聞くとパチパチっていうのが少なくなるの。それが揚がった合図。揚げ過ぎると、冷めてから油っぽくなるからね」

のの子さんはお手本のパンを菜箸で一個ずつ持ち上げ、油切りバットに立てて置いた。両面きれいなキツネ色だ。

「油をよく切るのも大事。何個かいっぺんに揚がった場合は揚げ網を使って上げてね」

油切りバットの横に、木の柄《え》がついた揚げ網がある。これは永井先輩が毎日使うものだ。

「理夏ちゃんの、もう、裏返していいわよ」

「あ、はーい」

わたしが入れた二個をひっくり返すと片面は濃いキツネ色になっている。

「ちょっと、揚げ過ぎかしらね。失敗したのは理夏ちゃんが自分で食べてね」

「えー、いいんですかー」

ののの子さんは行ってしまい、ひとりになった。もう裏面も揚がっただろうか。匂いは香ばしい。油の音も小さい。と、思っていると右がわの一個がぷっくりふくらんできた。

「あれ、これ、ふくらんでる？　あれ、フグみたいに、ふくらんでる」

「理夏、それ破裂する」

後ろから秋子のバカでかい声だ。

「え、うそ、どうしよう。あ、ば、ば、爆発する。あ、どうしよう。うわーー」

ののの子さんが素早く菜箸を手に取り、箸先をふくらんでいるパンにちょんと当てた。すぐに空気が抜けて元のふくらみに戻った。

「あー、怖かったー、ハハハー」

やけに朗らかな声が出たが、内心では恥ずかしさで気が遠くなりそうだ。

自分で自分に苛立《いらだ》つくらいだからののの子さんもそうだろうと、怒られるのを覚悟していたのに、

「あせらない、あせらない」とだけ言ってわたしの手に菜箸をつかませる。

二個のカレーパンを菜箸で一個ずつ持ち上げて油切りバットに並べたが、ののの子さんが揚げたキツネ色の二個よりもかなり色が濃い。キツネというよりもウマ色になってしまった。

その日の夜のこと。コーポ服部二号室で失敗作のカレーパンを頰張っているのはちはるだ。

「理夏、おまえ何個失敗したんだよー」

なぜかちはるはうれしそうに笑っている。

「え、ちょっと揚げ過ぎたのが十二個くらいで、破裂したのが二十個くらい」

「そんなにか。おまえ、なにやってんだ」

楽しそうなちはるの横から、三白眼でこちらをにらみつけているのは秋子だ。

「だめだよ、理夏。教わってるのにあんな態度」

「え、どんな？」

「理夏はまったくの初心者なんだからさ、もっと謙虚に教わらないと。失敗しても笑ってごまかしたり、やだーもうーとかおばさんみたいな言い方したりさ。すぐあやまらないのはよくないよ」

「え、わたし、そんなことしてた？」

「してたよ。趣味でパンづくり教わってるんじゃないんだよ。売り物をつくってるんだよ」

「うん……」

恥ずかしさと情けなさが混ざり合い、笑ってごまかそうとしてしまったのか。手先が器用なはずの自分が本当は不器用なのだと思い知らされ、泣きそうになっていたのだ。

「おまえ、これ一個いくらだ？」

「百四十円」

「じゃあ三十個としても……四千二百円以上の損失を出したのか。極悪人だな」

「え……」

「売り物を、こんなに無駄にしたんだぞ。反省しろ」

いつも大ざっぱなちはるなのに、こんなときばかり具体的な数字をあげて追い打ちをかける。

「わたしパン屋さんの仕事、向いてないのかも。あんなにできないと思わなかった。洗い物だけやってるほうが、まだ気楽だった」

「じゃあ、早くやめたほうがいいよ」

初めてなんだからと励ましてくれるかと思った秋子が冷たく突き放す。

「ほかの店に行ってまた洗い物からはじめたら？　万年洗い物担当で一生を終えたら？」

「やめたいなんて言ってない。あんなに失敗して、お店に迷惑かけちゃうから」

「だったらちゃんと戦力になるまで努力するのが先でしょ？」

「それまでどれだけ時間がかかるか、あんなに恥ずかしい思いしてさ」

指導してくれたの子さんはいちども怒らなかったが、浜本チーフも山口先輩も、心配して覗きにきたマスターと母上も、わたしを冷めた目で見ていたような気がする。

たぶん今日だけで仕事のできない従業員だと印象づけただろう。斜め後ろから「理夏、なにやってるのー」と叫びつづけた秋子のせいでもある。

「だけどさ、この破裂したカレーパンも美味しいよな」

空気を変えるのは寝ころがったちはるだ。むっくりと起き上がり話をつづける。

「前にさ、化粧品の訪問販売してるときに、ノルマ達成しなかったら駅前でパンフレット五百枚配るってペナルティーがあったんだ。だから理夏、おまえこの失敗作、駅前で配れ」

「え、なに言ってるの？」

「一個を四等分に切って、でっかい皿に並べろ。あと爪楊枝《つまようじ》と、ゴミ袋持って」

「バカ言わないで。そんな恥ずかしいことできない」

はっきりと拒否しているのにちはるは無視をする。

「ただ配ってもなかなか受け取ってもらえないもんなんだ。あたしのときは駅前でまず歌を唄《うた》って、注目を集めてから配った」

「歌？　どんな？」

「誰でも知ってる、『津軽海峡《つがるかいきよう》・冬景色《ふゆげしき》』だ」

「演歌なんて恥ずかしいよー」

秋子はそう言いながらも小声で唄いはじめる。

「下北沢の駅前で注目を集めるには、唄ったり踊ったりが必要だ」

「やだ、わたしは絶対にやんない。そんなの恥ずかしい」

「理夏、おまえに必要なのは、恥をかくことだ。その高過ぎるプライドが成長の邪魔をしているんだ」

「意味がわかんない。ちはるはそれやって、化粧品が売れたの？」

「それがふしぎなことにな。それからというもの、まったく売れなかった」

秋子と同時にがくっとずっこけた。

「なんだ。売れなかったんだ」と冷たく秋子が言う。

「あたしはもともと、恥ずかしいって概念がないからな。唄って注目されるとうれしくて、もっともっと唄っちゃうからな」

「意味ないじゃない」

いちいち秋子が合いの手を入れる。

「理夏、おまえはまず自我を捨てて、教えてもらえる脳をつくるんだ。スポンジみたいに、ひとの教えをどんどん吸収できる脳になれば、みるみる成長できるはずだ。一回ものすごく恥をかいてしまえば自我が捨てられる」

「わかったから、じゃあ、ひとりで配る」

その話を終わらせたくて適当にそう言った。

「だめだ。なんのためにあたしと秋子がいるんだ」

「え、私も？」

秋子が大きな声を出す。

「仲間は必要だ。ランちゃんが唄うときには、スーちゃんとミキちゃんが隣りで踊るだろ？　水戸黄《みとこう》門《もん》様を紹介するのは、助《すけ》さん格《かく》さんだろ？　理夏にはあたしと秋子が必要だ」

「えー、なんで私も？」

ついに秋子も巻き込まれた。

「アッコにも理夏の成長を見届ける義務がある」

「唄うの？」

「唄うだけじゃなく、あたしには山ほどネタがある。マッチの親衛隊だったからいろいろやってきた」

「マッチ？」

秋子がひざを抱えた。

「大ファンだったんだ。週一でファンレター書くくらい。『ハイティーン・ブギ』のヒロイン役募集したときも、あたしやる気まんまんで応募したんだ。武田《たけだ》久美子《くみこ》に役を奪われたときはショックだったな」

「奪われたって……」

秋子はオデコをひざ小僧にうずめて肩をゆらす。

「あたしは近藤《こんどう》真彦《まさひこ》に会うために上京したようなもんさ」

「それで、親衛隊に入ったの？」

「そうさ。大変だったぞ」

「あ、知ってる。テレビで客席が映ると、おそろいの衣装で踊ったりしてたよね。かけ声かけたりね」

思わずわたしも話に加わった。『紅白歌のベストテン』や『レッツゴーヤング』をテレビで見ていると、客席からのキャーキャー叫ぶ声が聞こえた。

「ちはるもあれ、やってたんだ」

「コールって言うんだ。日曜日ごとに代々木公園に集まって練習するんだ。G・U・T・S　こんどーまさひこ　アダルトタッチのセクシーボーイ　まーっさひーこー」

立ち上がってちはるは、当時の練習を思い出すように踊りはじめた。

「G・U・T・Sってなに？」

「ガッツだよ。たのきんトリオの合言葉はガッツだった」

「へえ……」

笑いをこらえるのがつらい。ガッツといえば石松《いしまつ》しか思いつかない。

「よし、じゃあこれを下北の駅前でやろう」

「やらない。ぜったいやらない」

わたしは激しく首をふり、秋子も「それはやらない」ときっぱり拒否する。

「じゃあなにやるんだよ。アッコだって、劇団員だからネタはあるだろ？　劇団の稽古ってなにやるんだ？」

「え？　ストレッチやって、エチュードやって」

「エチュードってなんだ？」

「なにか設定をつくって、即興の演技をするの。今日は言語がない部族になって村民会議をするってテーマで芝居した」

「どんなふうにやったんだ。見せてみろ」

押し入れの前に秋子は立ち上がり、自分で「はい」と叫んで両手を打った。スタートの合図だ。

「ううう――、うううう――、うう、うう」

なにやら秋子がうなり声をあげて、イモのようなものを食べるしぐさをする。

「なんだ？　アッコ、なんでうううなんだ？」

「ううう――、うう」

秋子が口をゆび指し、手のひらを左右にふる。

「言語がない部族だからだよ」

わたしが通訳した。

「そうか、言語がなくても声はあるんだ」

「ううう｜、ううう｜」

秋子がイモをラッコのように腹の前でこんこん打ち、それを開いて食べる。イモではなく貝らしい。

貝殻を捨てる場所を探して、畳の一ヶ所をゆび指して「ううう｜、ううう｜」とみんなを呼ぶ。

「なんだ？　ゴミを捨てろって言いたいのか？」

「ううう｜、ううう｜」

「そうみたいだよ」

秋子はううう｜、と言いながらそれがだんだん大きな声になり、周りのみんなを叱りつけている。

畳をゆび指して、ここに捨てろと命令しているようだ。

「なんだ？　村のみんなが言うこと聞かないのか？」

「ううう｜」

「そうみたい」

エチュードというよりも、ジェスチャーに近いのではないか。

「ううう｜、う｜｜！　う｜｜！」

誰かとつかみ合いのケンカになったような動きをして、秋子が架空の相手に内股から背負い投げを食わせ、自分も畳の上にころがった。

「なんだ？　やっつけたのか？」

「そうみたい」

「アッコ、おまえ、それ、わかりにくい。村民会議じゃなくただのケンカじゃないか。ゴミの出し方がわるいって、大家に投げ飛ばされてるみたいだ」

「あー、ホントだー」

カラスに荒らされるから深夜にゴミを出すなとか、生ゴミは二重に包めとか、口うるさい大家と同じだ。

「なによ。ちはるがやってみろって言うから」

言語が戻り、いつもの秋子だ。

「本当は五、六人でやるから、相手とのやりとりで、だんだん会議になっていくんだよ。ひとりでやったって、エチュードにはなんない」

「じゃあ、三人でやってみるべ」

ちはるが立ち上がり、やにわに歩き出した。ひざをゆるめてお尻を落としたゴリラ歩きだ。

「おおおー、おおおー」

秋子のううう一に対抗するつもりか、ちはるはおおおーと言う。

「ちょっと、ちはる、言語がないっていうのは、類人猿ってことじゃないの」

「おー、おー、おー」

ちはるはますます調子づいて、手を叩き頭を掻いて、リアルなゴリラの物まねをする。

「だから、ちはる、言語がない、人間なんだって」

「おおお、おおお」

こちらをゆび指し、やってみろとしつこいので、わたしもおおおーと言いながら加わった。

「理夏は、おおおー、使うな。あたしのだ」

「じゃあわたしは、なんて言うの？」

「理夏はむむむーにしろ」

「えー、やだよ。むむむーなんて」

「だから、言語がない部族なんだってば」

「アッコもやれよ」

わけがわからぬまま歩き回っているうちに、わたしも秋子も歩き方がゴリラになり、ううう－、おおおー、むむむーと、それぞれで叫びながら四畳半に円を描いていた。ゴリラ村の祝いの儀式だ。

「よし、駅前でこれやろう。理夏、カレーパンを切って皿に並べろ。アッコは爪楊枝とゴミの袋だ」

銭湯にでも行くようなノリで、ちはると秋子に連れられてアパートを出た。


翌日アンゼリカに行くと、のの子さんに二階へ呼び出された。

「今ね、お客さんがわざわざ電話くれて、ゆうべお宅の従業員が駅前でカレーパンの試食品を配ってたけど、なにかあったのかって心配してたね」

「え、それ、わたしです」

「やっぱり？　どうして？」

「あの、わたし、失敗ばっかりして、高額な損失を出して」

「え？　それで？」

「ペナルティーというか、成長するために恥ずかしい思いをしようと思って。あの、もうしわけございません」

「わるいことしたわけじゃないんだから、あやまらなくていいの」

てっきり叱られるものだと思ったが、いつもながらの優しい口調だ。

「そうだったの。最初はできなくていいのよ。失敗は少しずつ減るんだから。じゃあ、一週間フライヤーやってみて、もし失敗が減らなかったら、そのときには担当を替えましょう」

こんなわたしでも、できるのを待ってくれようとするの子さんが神様に見える。

「はい。ありがとうございます」

昨夜、駅前でちはると秋子がパフォーマンスをはじめると、二十人くらいの見物人が集まってきた。

近くにはギターの弾き語りの男と、自作の小説を読み上げる男がいた。

下北沢駅前には変わった表現者が多いのをいいことに、秋子ゴリラが「スニーカーぶる〜す」を唄い、ちはるゴリラがガッツコールをしながら激しく踊った。

ふたりはそもそもひと前で表現することに快感をおぼえる性質なので、歓声をあびるにつれ調子にのって大胆になっていき、醜態ぶりに目を覆いたくなるほどだった。

わたしはその集まった見物人に「アンゼリカのカレーパンです」とうつむきがちに言いながら試食してもらった。それだけでも人生最大の恥ずかしさを味わった。

わたしに必要なのは、恥をかくことだとちはるが言っていた。高過ぎるプライドが成長の邪魔をしていると。本当に恥ずかしい思いをすることで成長できるのか疑問だった。

でもどうやらわたしは、小学生時代のマット運動事件から、恥ずかしい目にあうのを避けてきたせいで、「できない自分」を素直に認めようとしなくなっていたようだ。

まず「わたしにはできないことがたくさんある」という現実を受け入れる空間が、せまかった心のなかにつくられたのかもしれない。

今日は昨日よりも上手く揚げられそうな予感がする。フライヤーの仕事に集中した。

「すいませーん。一個失敗しましたー」

「どんまーい」

自分から失敗を申告すると、誰かが返事をくれて気持ちがすーっと楽になる。「すいません」と言うのに慣れると、失敗してもすぐにあやまらなかった自分の未熟さに気づいた。

帰りに野田川の横を通ると、勝手口のそばに野田君がいる。

「よう、今帰り？」

「うん」

最近よく会うので、もしかするとわたしが通りがかるのを待っているのかと思うくらいだが、気づくとわたしのほうも無意識にこちらの道を通っている。

「あ、理夏ちゃん、見たんだべさねー」

野田君が、わたしをゆび指してニタッと笑う。

「それ、北海道弁になってないから」

「見ちゃったよー」

「なにを？」

「ゆうべ、駅前でなんか配ってたね」

「うそ。あれ見てたの？」

わたしがカレーパンの試食品を配っている姿を見られたのはあきらめがつくが、ちはると秋子のゴリラパフォーマンスを見られたのはかなり恥ずかしい。

「アパートの仲間なんだ」

「誰が？」

「ほら、変なパフォーマンスやってたふたり。ロングヘアーが役者で、ショートカットがマッチの親衛隊」

「ああ、あのひとたち。それより理夏ちゃんえらいよな。バイトなのに店の宣伝なんかしてさ」

「え、宣伝？」

そうか。わたしが試食品を配ったのは、アンゼリカの宣伝をしているように見えたのか。それでお客さんが心配して電話をかけてきたのか。アンゼリカの人気が落ちたみたいじゃないか。

「ちがう。宣伝じゃない。あのカレーパンは、わたしの失敗作。せっかくフライヤーの仕事させてもらえたのに、いっぱい失敗しちゃって。わたしはプライドが高過ぎだから、恥ずかしい思いをしたら成長するってアパートの仲間に言われて……」

「なにそれ。変なの。アパートの仲間って、アンゼリカで働いてるんだっけ？」

「うん。アッコって子ね。劇団の稽古とかエステとかで忙しいから、あんまり会わないでしょ」

「あの、きれいな子か」

「そう。きれいだよね、アッコ」

やっぱり野田君も、女性の美醜を瞬時に判断できる男のひとりなのか。わたしの容姿も秋子と比べられているかもしれない。ちょっと悔しい。

「この店って、賄いはうなぎ？」

話題を変えようとすると、いちばんに賄いのことが浮かんだ。

「はあ？　冗談だろ。うなぎはまだ、ひと切れしか食べたことないよ。賄いは玉子丼とか野菜炒めとか、そんなんだよ」

「そうなの？　じゃあアンゼリカの賄いのほうがいいや。よかった、アンゼリカで働けて」

「偉そうに言うな。どうせすぐやめるんだろ？」

柄の短いほうきをつかみ、野田君は引き戸の桟を左右になぞる。

「え、わたしって、すぐやめそう？」

「デザイナーの夢があって、今はバイトしてんだろ？　だいたいそうだよな。ほかにやりたいことがあって、それをかなえるために働いてる。だからわりと入れ替わりがはげしいみたいだな。うちみたいに職人の修業するような店とはちがって」

そう言われてみると、パン職人になるためにあの店でアルバイトをする若者はいないかもしれない。秋子には役者の夢がある。わたしにもかろうじて、まだ夢がある。

「野田君は、夢がうなぎ屋さんだったの？」

「ちがうよ。オレ、高校までバンドやってたから、本当はギタリストになりたかった。今でもライブハウスの前通ると、行きたくてうずうずするんだ」

そうだったのか。下北沢では毎日若いバンドマンを見かける。ライブハウスに向かって、楽器やアンプをガラガラ運んでいる。野田君もあのバンドマンたちと同類だったのか。

「じゃあ、なんで夢を追わなかったの？　せっかく下北に住んでるんだから、働きながらバンドもできたかもしれないのに」

「料理人の修業は中途半端じゃできないからさ。ひとり立ちできるまではわき目もふらずって世界なんだ。店に技を仕込んでもらうんだから、今は趣味も娯楽もおあずけだ」

「でもギタリストになる夢があったのに、よくあきらめられたね」

「うち父ちゃん死んじゃって、母ちゃんひとりでオレと弟育ててくれたから、とりあえず稼がないとさ。手に職をつけて一生食いっぱぐれがないようにって、それしか頭になかった」

「そうなんだ……」

想像もしていなかった。野田君が家のために働いていることなど。そんな、漫画の主人公のような境遇の同世代に初めて会った。

「じゃあ、家に仕送りとかしてる？」

「そりゃあ、してるよ。給料ほとんど振り込んでる。弟が高校出るまではな」

「すごいね。よくやってる」

同じ年なのに、野田君は家に仕送りをしていると言う。わたしは家に電話をするたびに、少しでも小遣いがもらえないかと必死に知恵をしぼっている。

「まあ、今の夢は修業がすんで一人前になることかな」

「自分の店、持つとか？」

「まあな」

野田君は腰をかがめ、戸の桟の砂ぼこりをほうきを使っててていねいに掃き出した。趣味も娯楽もがまんする代わりに技を仕込んでもらうのが料理人の修業なのか。

わたしもアンゼリカでパンづくりの技を仕込んでもらっている。それなのに中途半端に働いて、ほかに夢があるからといつかやめてしまうつもりでいる。

「理夏ちゃんのアパート、近いのか？」

「うん。ここから三分。コーポ服部ってアパートに女が三人」

夢があると言ったって、秋子にはちゃんとした夢があるかもしれないが、わたしの夢はもう幻になりかけている。かなえられそうにない夢だ。

「はーい、今やりまーす」

奥から呼ばれて野田君は、手早くちりとりに砂ゴミを掃き入れ、「じゃあな」と調理場へ戻って行った。白い仕事着の背中が、広くがっしりとして見えた。

わたしも、ジャズ喫茶マサコの前を通りアパートへ向かった。コーポ服部に女が三人と野田君に言ったが、ちはるがいつもいるから女が四人だった。

三号室の尾村さんには、最近出版社からの郵便が届くようになった。宛名は、ちはるがペンネームを考えたというオムライスだ。ちゃんと仕事をしているらしい。

わたしもアンゼリカの仕事をがんばらねば。お給料をもらって、そのうえ技を仕込んでもらっている。それに見合うだけの働きをしなくては。今のわたしには、ほかに追いかける夢もないのだから。

夜のコーポ服部二号室だ。この三日間で、ちはるは何個の失敗カレーパンを食べただろう。失敗作だというのに何個食べてもうれしそうにしている。

そして今日はしみじみと言う。

「パン屋もよ、繁盛したら姉妹店を出したりフランチャイズ化したりするけど、大きな工場で大量生産したのを冷凍しておいて、売り場で揚げるだけなんだろ？　安くて早くて味も変わらないから、そっちのほうが儲《もう》かるんだろうけど、あたしのなかの、なんていうか、からだの細胞というかタマシイが喜ばないんだ。親が子どもを想《おも》いながらごはんつくるみたいに、誰かが、誰かを想ってつくる食べ物は細胞をつくって、タマシイを喜ばせる。理夏があたしを想ってつくってくれるごはんは、缶詰だって活力になって明日もがんばろうって元気をもらえる」

「理夏、そんなにちはるのこと想ってつくってるんだ」

「え？　う、うん。想ってる想ってる」

「うそっぽいね」

秋子はおひるね布団を枕に寝ころがり、ちはるは布団の反対側に落語家みたいに正座している。ちはるの話は止まらない。

「たとえ小さな店でも、お客さんの顔を想像しながらつくったパンは、お客さんのからだのなかで明日の活力になるはずだ。ちょっと落ち込んでるひとも元気にするはずだ。食べ物のなかには、つくったひとの想いがこもっていて、誰かに与えて、与えられた誰かとのあいだで作用して、それが生きるエネルギーに変わるんだ」

「それも化粧品の訪問販売してるときに教わったの？」

秋子はちはるの語る「いい話」にはハナから疑ってかかる。

「いや、これは料理研究家の講演会で、受付のバイトしてるときに盗み聞きした。でもパン屋に行くと、この話を思い出す。つくってるひとと食べるひとの顔が見えるって大事だな」

そう言われてみるとわたしの発想に、お客さんの喜ぶ顔は浮かんでいなかった。パンのキツネ色と、同僚の顔色だけをうかがいながら働いていた。

「あたしの実家は魚屋だからさ、一枚何十円かの干物をコツコツつくってるんだ。それを食べてくれるお客さんの顔を思いうかべてつくるって、じいちゃんが言ってた。パンだって同じだろ？　パン屋はいい商売だぞ。お客さんの反応はその日のうちにわかるからさ、その日の仕事をその日のうちに実感できるし反省もできるんだ。褒められるとその日朝からの仕事全部褒められたってことで、こんなにうれしいことはない。逆に喜ばれなかったり売れなかったりしたら、すべて自分の責任。なにかがわるかったたってことだ。毎日自分の仕事を省みることができる。やりがいある仕事だぞ。まあこれは、あたしの講演ネタだ」

「講演したことないでしょ？」

秋子が呆れている。

「あたしって、いいことしか言わないな」

自分の台詞《せりふ》に酔ったちはるは両手でマグカップをつかみ、名人の落語家みたいに背中をまるめて紅茶をすする。こんなちはるの言葉にも一理ある。明日からはお客さんの顔を意識しようと胸に刻んだ。

「おい理夏、今日の失敗作は何個だ？」

ちはるが足をくずしてあぐらをかく。

「十……五個」

「そうか、ちょっと減ったな」

「うん。破裂は菜箸で空気を抜けばいいって、ちょっとわかってきたけど、揚げる時間が難しい。色とふくらみで確認してるつもりでも、すぐに揚げ過ぎて茶色くなっちゃう」

「もう一個、食わせろ」

「どれでもいい？」

「んー、茶色組より破裂組のほうが美味しいな」

失敗作を食べつづけているちはるは、しだいに舌が肥えてきたようだ。

「これでいい？」

透明のビニール袋のなかの一個を差し出した。

「もうちょっと、わきの線があるやつがいいな。パンがやわらかいんだ」

「わきの線？」

「おお、ジャージの線みたいなやつな」

手元の透明ビニールごしにカレーパンを見ると、気がつかなかったが薄いクリーム色の線があるものと、ないものがある。フライヤーのなかで油に浮かんでいるふちの部分だ。表面と裏面の継ぎ目のように周囲にぐるりとある線。

「この線があるほうが美味しい？」

「おお。うっすら線があるやつは、生地がふっくらしてやわらかいぞ」

いくつか選んで頬張ってみた。確かに線のあるものはパン生地がふっくらしている。線がないものは揚げ過ぎで硬い。この線がふっくらの目安になるのか。

つぎの日からわきの線の色にこだわるようにした。線がなくなるのは揚げ過ぎ。白い線がくっきり残っているのは揚げが甘い。クリーム色になったときが上げどきだ。

その色に注意して、ひっくり返すのを三、四回くりかえすことでふっくらやわらかく、なおかつ冷めても油っぽくならないカレーパンに仕上がるとわかった。

フライヤーを担当して二週間たち、のの子さんからカレーパンの揚げ方に合格をもらった。

「すいませーん。カレーパン一個破裂しましたー」

「あれ？　理夏ちゃん、めずらしいね。今日初めて？」

山口先輩が驚いている。最近はもうほとんど失敗をしていない。

「理夏ちゃん、いいねー。きれいに揚がってる」

のの子さんが、油切りバットに並んだカレーパンを見てそう言ってくれる。

足のゆびを骨折して休んでいた永井先輩は復帰したが、歩き回ることはまだ難しく、作業台での分割と成形の作業だけしている。フライヤー担当は正式にわたしということになった。

カレーパンを揚げるという、たったそれだけの作業なのに、自分にもプロの仕事ができたことがものすごくうれしい。初めて味わう労働での達成感というものだろうか。

売り場から若い女性の声が聞こえる。

「カレーパン揚げたてだって。ラッキーだね」

「ここのカレーパン、最高なんだー」

自分が褒められたみたいで胸のうちで「G・U・T・S」、ガッツコールをした。

帰りがけに、またのの子さんからお使いを頼まれて野田川に寄った。

「こんにちはー」

いつものように勝手口が開け放たれ、入ったところに野田君がいた。

「おお、理夏ちゃん。お疲れ」

「これ、よかったらどうぞって」

黄色いポリ袋に、パンが六個入っている。

「ありがとう。先輩にも食ってもらうな」

濡れ雑巾で床の拭き掃除をしていたらしい。節が赤くなったゆびでポリ袋をつまみ、奥の調理台に置いてまた戻ってきた。今日は長靴だ。

「手が荒れるよね」

洗い物ばかりしていたころは、わたしもゆびの節がいつも赤かった。肌がふやけて皮膚の薄いところが血の色が透けるみたいに赤くなる。

「これでも手の皮、厚くなったんだぞ」

「え、手の皮って厚くなるもん？」

「そうさ。どんどん厚くなって、来年には素手で炭つかんでるから」

「えー」

笑い声が重なったのに、首元に吹きつける冷たい風に流される。ゆびを胸の前で組んだ。春はまだ浅く花の季節はだいぶ遠い。

「あったかくなったら、水仕事が楽になるね」

「そうさ。うだる暑さになったら、水仕事なんか逆に水浴びになるからな。ざまあみろ」

「あはは」

わたしよりずっとしっかりしていそうで、本当は繊細なひとなのだろう。肌の薄さを見てそう思う。耳もうなじも白くてきれいだ。苦しいのにつよがって、耐えているのかもしれない。

「オレ、うなぎ捌《さば》くの、教えてもらったんだ」

バケツを奥へ運んで、手ぬぐいで手を拭きながらそう言う。

「え、すごい」

「やっぱ、難しいわ。一人前になるまで十年かかるって言うけど、ホントだわ」

また戻ってきて、わたしの真ん前に立つ。

「うわ、十年か。でも楽しみだね」

「おお」

「わたし、正式にカレーパン揚げる担当になった」

「お、出世した？」

「そんなんじゃないけど、けっこうがんばったよ」

「あ、これ、名誉の負傷だろ」

そう言って野田君がわたしの左手首をつかむ。手の甲に小さいやけどのあとがある。

「これ？　もう治りかけだよ」

「やけどって、小さくても痛いよな」

わたしの手を、自分の口の近くまで引いて野田君は、つかんだ手の親ゆびで白く光るやけどのあとをそっとなでた。

「野田君の手、つめたい」

恥ずかしくなり、すぐに振り払ってしまった。

手を腰の後ろにまわしてにぎったまま「じゃあ、がんばってね」と言うと、野田君も「がんばれよ」と見送ってくれた。

背を向けてから、後ろにまわした手を野田君に見られるのが恥ずかしくなり、こんどは前にまわして組んで歩いた。わたしはなにをやっているんだろう。

ジャズ喫茶マサコの前を通ると、縁石にサルさんが腰かけている。この店の人気者で、ブラウングレーの毛をふさふさにさせたサルさんだ。首輪をして、これから散歩に行くのだろうか。

「ひとり？　寒くないですか？」

初めて話しかけてみたが、ふんと言うように目をそらされた。でも楽しい。

「もうすぐあったかくなりますよ」

それはサルさんに言うふりをして自分に言った。なんだか顔の筋肉がゆるゆるになっていた。

しあわせパン工房

　早朝の下北沢はいつも学校祭のあとみたいに散らかり、カラスが仲間を呼んで鳴く。それぞれの店がまちまちの時間に掃除をはじめ、昼までにはすっかり元のきれいな街に戻る。

　アンゼリカに向かう途中、礼服姿の親子が駅に向かって歩いているのを見て、卒業式シーズンなのだと気づいた。そしてわたしはもう卒業式には縁がないのだと思った。

　とうとう学校から親に電話が行ったらしく、進級さえ無理だということがバレてしまい、退学の書類を提出した。母は怒ってはいたものの、

「もう気がすんだべさ。帰って仕事を見つけなさい」と呑気な口ぶりだった。

　そう言われると、初めから信用されていなかったみたいでカチンときて、「ぜったいに帰らない」と母に盾ついた。

　仕送りはいらない。無駄になった学費も働いて返すと宣言すると、なぜか気持ちがさっぱりとして、アンゼリカでもっと仕事をおぼえたいという前向き思考になれた。

「おはようございます！」

　今日も秋子とそろって工房に入った。

わたしはカレーパンを揚げる作業に慣れたので、ドーナッツ類もまかされるようになった。

「ドーナッツ、揚げはじめまーす」

「おねがいしまーす」

このひととき、じっくりパン生地を愛《め》でる。

バットのなかに並ぶ、ぷっくり発酵した乳白色のドーナッツ生地は、生まれたての妖精かというほど可愛らしい。今にも透明の羽を広げて空気のなかに浮き上がってしまいそうだ。

そっとゆびの腹で持ち上げいたわるように、はげますようにフライヤーの岸辺から油の海に送り出す。はかなげな薄い肌が油のなかで泡立ち、しだいに皮膚をつよくしていく。

両面が褐色に色づき香ばしい匂いが立つころにはたくましく成長している。もう箸でつまんでも壊れることはない。グラニュー糖やきなこの衣をまとい、誇らしげに店頭に並ぶ。

「ドーナッツ類、上がりましたー」

「はーい」

「カレーパン、揚げまーす」

こんなに楽しい作業なのに、長時間フライヤーの前にいるといつの間にか油を吸い込んでいるらしく、なんどか胸焼けで具合がわるくなった。

ちはるが「鼻と口をタオルで覆ってみろ」と教えてくれ、それからはタオルで鼻から下を、手ぬぐいで髪を覆って、目だけ露出するというかなり怪しい風貌で作業している。

カレーパンは六個ずつ揚げ、網ですくい上げる。

「カレーパン、上がりましたー」

「はーい」

最初に店頭に出す、二十四個ができ上がった。販売のバイトさんが受け取って、店に運んでくれる。新しいパン生地のバットを取り出し、つぎのカレーパンを揚げはじめる。

生まれ育った北海道の田舎町には一軒だけパン屋さんがあった。喫茶スペースなどない小さな店で、中高生時代は店頭に立ったまま買い食いをしたものだ。

そのパン屋さんの工房を窓の外からいつも覗いている女のひとがいた。髪が長い童顔の女性で、子どもたちのあいだでは、目が合うと奇声をあげて追いかけてくる危険な人物だと噂されていた。

あのひとがなぜパン屋さんの工房を覗いていたのかが、最近よくわかる。職人がパンをつくる光景を眺めていると、絵本のページをめくっているかのように夢見心地になれるのだ。

発酵してふくらんだパン生地を、浜本チーフが両手で持って作業台に下ろすとき、ある物語の絵を思い出す。コウノトリにぶら下げられてママに届けられる『ダンボ』だ。

おくるみから現れた、ぷくぷくでまんまるのお尻。できることならダンボのお尻のようなパン生地に顔をうずめて、抱きしめてみたい衝動にかられる。

天板にならんだ楕円形のコッペパンを見ると『ふしぎの国のアリス』の青イモムシを思い出す。ふてぶてしくでっぷりしているのに、どこか艶っぽい青いイモムシ。

小ゆびを立てて水タバコをつまみ、おちょぼ口で煙をふいている。すぐに山口先輩にナイフでカットされて、腹に焼きそばを詰め込まれるとも知らずに。

永井先輩が棒状の生地の両端をつまんで、くるくると三回ねじって留める。するとツイストドーナッツ生地になる。その手さばきを見ると、絵本の『こびとのくつや』を思い出す。

お金がなくて靴をつくれなくなったおじいさんの靴工房に真夜中こびとが現れて、自分のからだよりも大きな針とトンカチを使ってみごとな靴をつくり上げてしまう。

ののの子さんが大きな絞り袋を両手で持って、カスタードクリームを絞る。茶こしで粉砂糖をふるう。スプーンでアイシングを垂らして格子柄をつくる。

それを見ていると『シンデレラ』を思い出す。お友達の小鳥やネズミたちが、ピンクのリボンやレースで、地味だったドレスを可憐《かれん》に変身させてシンデレラにプレゼントする。

いろいろな種類のパンがつぎつぎとでき上がっていくたび、子どものころに好きだった形や好きだった色が現れる。こんな幸福感を、また味わうことができるなんて思いもしなかった。

視覚だけではない。幸せな香りと、幸せな手触り、そして幸せな味。すべてをいっぺんに感じることができる場所。それがパン屋さん。

それが、パン屋さーん！

ミュージカルであれば、ここで唄い踊りはじめるのだろう。

「カレーパン、上がりまーしたーーー」

ミュージカル調に美しい声をあげた。語尾もかなり伸ばした。しかし当然、これといった反応はない。みんな忙しいから。

カレーパンはつぎの二十四個がトレーに並んだ。そろそろ開店時間だ。

「開店しまーす」

浜本チーフが声をあげる。それを聞いて全員が声をそろえる。

「開店しまーす」

マスターは、カレーパンに次ぐアンゼリカの看板商品を開発中だ。昼の休憩で二階に上がると、試作品がテーブルに並んでいることがある。

「お昼いただきまーす」

「理夏ちゃん、これ試食してみて」

「わあ、きれいな色ですね」

いつもの椅子に座っているマスターは、大黒様オーラを残してはいるものの元気がない。新商品の開発が上手く行っていないことは、輝きを失った瞳の色からわかる。

「ホントにそう思う？」

「え、き、きれいな緑色ですよ」

今日の試作品のミニ食パンは、パンと思わなければ、針葉樹の山を描いた絵画のようなきれいな色だと思うが、パンとしては焼いても揚げてもあまり食べたくはない色だ。

「食欲わかない色だよね」

「わ、わきますよ。ヨモギですよね」

「いやちがう」

「あ、青汁だ。うちの母が飲んでます」

「ちがうの。抹茶入れたんだ」

「あ、お抹茶だ。わたし、茶道部だったんです」

だからなんだと言われそうな返事しかできず、ごまかすようにパンをゆびでちぎって口に入れてみた。濃い色のわりには抹茶の香りがしない。

「香りがよくないでしょ？　香りがするまで抹茶入れたら、もっと変な色になるよね。材料費もかさむしね。これはなしだね」

返す言葉もなく、なにかほかのアイディアを提案しなければと脳をフル回転させた。

「あの、わたし、パンをつくった経験はないですけど、店で安くしてもらえるからパンばっかり食べてるんです。トーストにいろんなものをのせて、オーブントースターで焼いて食べるんです。サバ缶やサンマ缶でもキャベツの千切りの上に並べてチーズをのせて焼いたらけっこう美味しいです。マーマレードぬってチーズも美味しいですけど、それはおやつ感覚ですね。食事にするなら、甘くないほうがいいから……あ、納豆とキムチをのせてチーズも美味しいです。チーズのせて焼けば、だいたい美味しいです。ホントになんにもないときはマヨネーズやソース、味噌なんかも、食パンにぬって焼いて食べたこともありますよ。けっこう食べられます」

「味噌はいいかもね」

「いいです、いいです」

どういいのかもわからないのに、少しでも役に立ちたくてそう答えた。


アンゼリカは年中無休なので従業員は交替で休みをとる。わたしはてきとうに月曜と火曜、秋子は劇団の稽古が主に行われる火曜と金曜に休んでいる。

月曜の夕方、コーポ服部に帰ってきた秋子が、二号室の戸を開け仁王立ちになり大声をあげた。

「今日、アンゼリカに宮崎美子《みやざきよしこ》がパン買いにきた」

部屋でごろごろしていたわたしとちはるはそれを聞くなり立ち上がり、

「いまのキミはピカピカに光ってー」と歌いながらジーンズを脱ぐしぐさをした。

「あたしなんか茶沢通りで、アルフィーの坂崎《さかざき》さんとすれ違ったもんね」とちはるが自慢げにアゴを上げる。

わたしと秋子が間髪を入れずギターを弾く手をつくり、

「メリアーン、メリアーン、メリアーン、なな、ほにゃにゃー」と歌詞も知らないのに勢いで歌った。

負けじとわたしも言った。

「わたしだって、京樽《きようたる》の前で大川栄策《おおかわえいさく》、見かけた」

そして待ってましたとばかりに三人でマイクを持つ手をつくり、声をそろえて歌った。

「あーいしーても、あーいしてもー、あーあーあー、ああ、ひーとーのーつまー」

せまい四畳半に三人の大声。これは叱られるかもと頭をよぎったとき、二号室の戸の横で「ブーーーーー」とけたたましいブザー音がなる。

その瞬間三人は、声をしずめて団子になってしゃがみ込んだ。階下の大家が電話の呼び出しのために取りつけたブザーで、電話のときは「ブッ、ブッ、ブッ」と小刻みに三回なる。

「うるさいんだよ、アッコ」

「なによ、ちはるが調子に乗るからでしょ」

秋子とちはるが言い合いをはじめ、わたしは二号室のブザーがなったということは、注意されたのはわたしだけなのかもと考えてはみるが、「楽しいからまあいいや」とあきらめる。

下北沢には芸能人が多い。地元であればサインや握手を求めるようなひとが歩いていても、この街のひとは気づかないふりをしているのか、知らんぷりで通り過ぎる。

もともとそういう住民性であるから新参者もそれに倣って芸能人に大騒ぎすることはない。だからコーポ服部に帰ったときに報告会をして盛り上がる。

「ところで、理夏はあこがれのひとには会ったのか？」

「会えないよ。わたし、思うんだけど、中島みゆきは歩かないんじゃないかな」

「歩くべさ。歩かなかったら足腰弱るべさ」

北海道弁を丸出しにしてちはるが笑う。

「ワンちゃんの散歩のときは外に出て歩くだろうけど、それ以外はスタジオとか海外の別荘とかで曲をつくってるんじゃないかな」

「確かに、あんまりスーパーのレジ袋提げて歩いてるイメージはないね」

秋子がおひるね布団に座って足を伸ばして言う。

「だから街ですれ違うことなんか、一生ないかも。でもそれでもいいんだ。もしかしたら近くにいるかもって想像してるときがいちばんいい」

わたしがまじめに話すのをさえぎってちはるが、

「それはやせ我慢っていうか、謙虚過ぎっていうか、そんな性格はソンするぞ」

と偉そうに言う。

「好きなひとには好きってこと伝えないと、なんにもはじまらない。相手がどんなに有名人でも、いつか同じステージに立ってやるとか、いっしょに仕事してみせるとか、そのくらいの野心がないと、あたしたち田舎もんはすぐに負けちまうんだ。世間ってやつに。コネも親の財産もない田舎もんは、なりふりかまわず、ずうずうしくやって都会に勝つしかないんだ」

いいこと言うだろあたしって、とちはるが悦に入っているのは表情で見て取れるが、昨日のテレビドラマの台詞をパクっていることは一目瞭然だ。いっしょに見ていたのだから。

テレビは秋子の部屋から運んで、最近はうちの部屋に置いたままになっている。恥というものを持たないちはるはドラマの台詞をパクったあとで、窓の外を向いて女優気取りだ。

また戸の横でブザーが小刻みになった。条件反射で三人肩を抱き合った。

「うるさいってよ、ちはる」

「うるさいわけないべ。しずかにしゃべってる」

「あ、これは、電話の呼び出しだ」

たぶん実家の母からだろうと、あわてて階段を下りた。居間の戸を開けてありがとうございますと畳に上がると、大家が怖い目で見ている。

「あんまりドタバタやったら、天井が抜けちまうんだよ。下から見てると天井が波うって、ミシミシいってんだ。気をつけとくれ」

「はい、すいません」

戸の裏にある黒電話は、受話器をはずして横に置いてある。

「もしもし？」

「あ、理夏？　私、早智子《さちこ》」

「ああ、早智子。なんでここがわかった？」

北海道の小さな町から、いっしょに上京してきた友人だ。神奈川県の親戚の家から短期大学に通っているはずだ。

「理夏のおばさんに電話して聞いた」

「ああ、そっか」

「理夏の部屋、電話引いてないんだ」

「うん。でもね、下北のパン屋でバイトしてるから、もう少ししたら引けると思う」

「パン屋？　アパレルデザイナーになるんじゃないの？」

「え、今は、ちょっとね。パン屋も面白いよ」

「パン屋が？」

早智子が電話の向こうでフフッと笑った。専門学校を中退したことは決して話すまい。

「どうしたの？　なにか用事？」

「あ、大事な用事。こんどの日曜日の午後一時、来てほしいとこがあるんだ」

「日曜日？　六日後？　ごめん、わたしバイト休めないんだ」

「理夏のために、どうしても来てほしい。すごいことが起きるから。占いよりすごいんだよ」

早智子はわたしの占い好きを知っている。

「占いよりすごいの？」

「うん。占いじゃないけど、理夏の将来が確実に変わる」

バイトを休みたくないとなんども断ったが、早智子は「人生が変わるから」としつこく誘う。曖昧な返事をして電話を切った。

月曜日まで毎日のようにうちにいたちはるが、火曜日に来なかった。夕方から秋子も稽古に出かけてしまったので、ひとりで銭湯に行きひとりで夕飯を食べた。

水曜も木曜も、ちはるは現れなかった。

「どうしたんだろう。もしかして病気じゃない？」

心配になってそう言っても、秋子は「いつものことだよ」と気にも留めない。

「だって、わたしが引っ越してきてから四ヶ月でしょ？　そのあいだ、三日も来ないことなんかなかったよ」

「だいじょうぶだって。理夏が来る前、三ヶ月も行方不明だったんだから」

「どこにいたの？」

「ん……どこだろう。私もわからない」

金曜日も来なかった。アンゼリカの仕事から帰ると、秋子はすでに稽古に行ったようすだ。わたしはひとりで、サンマのかば焼きトーストをつくった。食べながらふと思い出した。

質屋にちはるの振り袖が入ったままだ。あれから丸三ヶ月。もう数日過ぎてしまった。三ヶ月後にお金を持って行かなければ質流れになると話していた。

分割で返せばいいと言われ、二ヶ月分はちはるに返した。残りの一万二千円は用意してある。これをちはるに返して、質屋に振り袖を取りに行かなくては。

電話番号も聞いていないちはるのアパートだが、行ってみることにした。池ノ上の青少年会館《せいしょうねん》の並びで、確か白い二階建て木造アパートの二階角部屋だ。

夜道を歩き駅前で東へ折れ、茶沢通りを突っ切って昭和《しょうわ》信金わきの坂道を上った。何人かにたずねると池ノ上の青少年会館はわかった。その通りを行くと白い木造アパートがあった。道から照明の点いた二階の廊下が見通せて、左端のキッチン窓の柵に見覚えのある傘が引っかけられている。ショッキングピンクに青い花の模様。めずらしい柄だから間違いない。

階段を上がると２０１とだけ書かれた、名札もないドアだ。キッチンの窓のなかで人影が動いた。

「ちはる?」

チャイムはならさずにノックをした。すぐにドアが開く。

「よう、理夏か」

なにごともなかったかのような、いつものとぼけた顔でちはるが現れた。どうぞとも上がれとも言わずに背を向けて奥へ行ったので、勝手に靴を脱いで部屋に上がった。

六畳くらいの部屋に、テーブルセットやカラーボックスがごちゃごちゃと置かれている。奥にもうひとつ寝室があるのだろうか。コーポ服部よりはるかにいい部屋ではないか。

「友達、来た」

「お」

誰かいる。男性の声だ。

「あ」と声が出て、そのあとなにか言おうとしたがまったく言葉にならない。ソファーにめりこんでいたアザラシが息を吹き返したように、でっぷり肉のついた背中が起き上がった。

伸びかけのパンチパーマの中年男性だ。わたしの顔をちらりと見てすぐに目をそらす。それだけでちはるの父親でも兄でも叔父でもないことがわかった。

怖くなってすぐに視線をちはるに向けて気を取り直した。

「あ、そうだ。ちはる、これ返しにきた。すぐ帰るから」

封筒に入れたお金を、立ったままのちはるに差し出した。ボールペンで一万二千円と書いてある。

「なんだ。いつでもいいのによ」

「でも、振り袖、取りに行かないと。もう期限が過ぎてる」

自分でもなぜかわからないが、声がとげとげしくなっている。

「そうだっけ？　いいよ、あの振り袖はもう着ないからさ」

「だって、高いやつだったんでしょ？　もったいないよ」

ソファーの男がむっくり立ち上がり、不愉快そうな顔でゆっくり歩いて奥の暗い部屋に行く。すごくイヤな感じのする男だ。なぜちはるはこんな男といっしょにいるのだろう。

「お腹すいた？　外に食べにいこうか？」

ちはるが男に向かって、機嫌を取るような声を出す。男はなにも答えない。

小太りで、立ち上がるとわたしと同じくらいの身長だ。白い下着のようなTシャツにトランクス一枚で、空気を入れたみたいにお腹がふくらんでいる。金色の腕時計と太いクサリのネックレスがこれ見よがしに光っている。

「ちはるの、仕事先のひと……じゃ、ないよね？」

ささやく声で訊いた。

「アホか。ちがうに決まってんだろ」

「そうだよね。あ、わたし、帰るね」

「おお」

せっかく会えたのに引き止めもしないちはるに、ちょっと腹が立った。

「仕事は行ってないの？」

「おお、香港《ホンコン》に旅行に行ったから休んだ」

「旅行？　いっしょに？」

視線だけ男に向けた。

「おお」

「だったら、そう言ってくれればいいのに。急に来なくなったら、病気で倒れてるんじゃないかって心配するじゃない」

「そうか。わるかったな」

玄関で靴を履いても、ちはるは男のことを説明してくれない。

「ちはる、恋人？」

奥の部屋をアゴで指した。

「そんなもんだ」

ちはるも奥の部屋をうかがいながら声をひそめる。

「結婚するの？」

「おい、理夏、ばか言うな」

「だって、恋人なんでしょ？」

「もう、だまれよ」

わたしを外に押し出すようにしてちはるは、「これ、いいから」とお金の入った封筒を胸に押しつける。ふいだったのでつい受け取ると、ばたりとドアを閉められた。

カギをかける音がする。

階段を駆け下りて、来た道を戻った。スニーカーの足がもつれそうなほど早足になった。恋人だったら、どうしてちゃんと紹介してくれないのだろう。なにか後ろめたいのか。

いつもうちのアパートで寝ころがり、おせっかいなことばかり言っていたちはるのイメージが百八十度変わってしまった。いやそれは、わたしがちはるを買いかぶっていたのか。

なんだかやたらと腹が立つ。親友だと思っていた相手から親友とは思われていなかった。友情よりも恋愛を大事にするような相手を親友だと思い込んでいた。

下北沢の駅前には南米の打楽器のようなものを演奏している男性グループがいた。いつもは立ち止まってしばらく聴くのだが、今日は耳障りにしか聞こえない。

野田君と話がしたくなり店の近くまで行った。換気扇から白い煙がもうもうと吐き出され、閉められた勝手口のすき間から照明が漏れている。忙しそうなのでそこを離れた。

アパートに帰ってからもイライラがおさまらず、ひとりで銭湯に行って秋子の帰りを待った。秋子は十一時半過ぎに帰ると「お風呂閉まっちゃう」とあわただしく出て行った。また帰りを待った。

「理夏」

秋子が戸のすき間から顔を覗かせる。

「疲れたから、もう寝る。おやすみ」

秋子はすぐに戸を閉めようとする。

「え、ちょっと、アッコ、わたし」

自分でもこんな状態になるのがふしぎなほど、とにかく秋子と話がしたい。涙があふれてヒックヒックとしゃくりあげてしまう。

「どうした？　なにがあった？」

秋子がそばに座ってくれたので、ちはるの部屋に行ったことをやっと話せた。話しながら、泣くほどのことでもなかったと冷静になってきた。

「高校時代に彼氏ができたら急につき合いがわるくなった友達がいてね、いつもいっしょに帰ってたのに彼氏と帰るようになって、こっちはひとりぼっちになっちゃって。そのときと同じ気持ちになった。親友を失ったような気がしてすっごく寂しかった」

秋子はだまって愚痴《ぐち》のような話を聞いてくれた。

「ありがとうアッコ、聞いてもらっただけですっきりしたから、もう寝て」

「んー、理夏はウブっていうか、すれてないっていうか、かわいいね」

「ガキって言いたいんでしょ。わたしも自分でそう思った」

「私は理夏よりつき合い長いから、ちはるがそういうやつだって知ってたけど、理夏が引っ越してきてからのちはるはおとなしかったもんね。ここんとこ平和なのは、たぶん職場におじいさんとおばあさんしかいないからだよ」

秋子は正座の足をくずしてひざを抱える。

「その前はどうだったの？」

「それまではさ、なんか、職場で男のひとと問題起こして結局やめることになってたみたい。それで職を転々とするしかなかったんじゃない？」

「問題って、どんな？」

「同僚の彼氏をとっちゃったり、不倫だったり。まあ極めつきがチンピラにだまされて借金つくったんだけどさ」

やはり男性がらみの揉めごとが多かったのか。

「そういう過去があるのは、わかってるつもりだったけど。うちに来て楽しそうにしてたのはなんだったんだろう。香港に行くならそう言ってくれればいいのに言わずに行くし。ちはるは本当は恋人といるほうがよかったんだなって思ったら、ショックで。恋人といたらわたしのことなんか忘れちゃうんだな……」

また涙がにじんできて、秋子が差し出すティッシュで洟をかんだ。

「その小太りのおやじって、銀歯だった？」

「歯は見えなかったけど、金のアクセサリーに、パンチパーマだった」

「あー、あいつか」

「アッコ、知ってるの？」

「新宿の焼き肉店の店長。私もごちそうになったことある。あいつ妻子がいるから、ちはるはただの愛人だよ」

「え、なにそれ？」

足をくずしていたわたしは正座をして秋子に詰め寄った。

「愛人？」

「私もあいつと会ったときは気分わるかったよ。あんなやつに、ちはるったらかいがいしく世話してさ。ちはるはすっごい寂しがりだから、ちょっと優しくされると好きになって、のめり込んじゃうんだよね。でもだまされて、捨てられる。あのパンチパーマも一回別れたのにね」

「そうなんだ……」

寂しがりだとしても、このアパートに来ているあいだは楽しそうにしていた。わたしだって寂しがりだけど、ちはると秋子がいてくれれば満足だった。ちはるはちがったのか。

「男がいないと生きていけない体質なんだろうな。ちはるって」

秋子は物憂げにそう言って、乾かしたばかりの髪をかきあげる。

「うん……」

あの男と笑い合っているちはるの顔が目に浮かぶ。コーポ服部にいるときよりも、ずっと楽しそうに笑っている。

「アッコ、話聞いてもらったら気が晴れた。ありがとう」

「ん。じゃあ、明日も早いから寝よう」

今日の就寝は三人とも各自の部屋だ。窓に映るスナックの青い看板の色をぼんやり見ながら、やはり眠れなかった。

女同士の友情なんて、このコーポ服部の床板くらいもろくて抜けやすいものなのか。窓を閉めても聞こえるカラオケスナックの歌声が、今日はやけにうるさい。

エコーを効かせ過ぎの酔っぱらった男の声と合いの手を入れる女たちの声。女はなぜこんな男のヘタな歌に拍手をする。女はなぜ男に媚《こ》びるような笑い声をあげる。

女はなぜ……。わからない。ぜんぜんわからない。

幼なじみの早智子からの電話で、日曜日に会うという約束はどうしても断り切れなかった。

アンゼリカは昼で早引けして、指定された新宿駅西口の高いビルに向かったが、たどり着いたのは約束の十三時ちょうどだ。

「あ、理夏、遅かったね」

「ごめんごめん、方向音痴だから、わたし」

「もう、はじまっちゃうから、こっちに入って」

早智子に会うのは去年のゴールデンウイーク以来だ。そのときに比べると化粧が濃い。茶色い眉毛と赤い唇がくっきりし過ぎて、シールを貼りつけたみたいに見える。

「席は決まってるから。こっち来て」

「決まってるの？」

広い部屋のパイプ椅子に六十人くらいのひとが座っている。若い女性もいるが、若い男性のほうが多い。会社員なのか、半分くらいがスーツ姿だ。

「ここ」

「うん……」

前から三列目の中央の席だ。

早智子の紺のスーツはサイズが大きめでちょっとやぼったい。髪型も結婚式向けのようなアップに結んだスタイルで、この一年でいっきに十歳くらい老けたように見える。

「これ、会社の研修会？」

「聞けばわかるから」

　高校までの早智子は、それほど目立つほうではなかった。せまい町なので幼稚園から知っている友達のひとりで、若いうちに都会に出てみたいと東京の女子短大に入った。

　拍手がなり、スーツ姿の若い男性がはりきった教育実習生の授業のように話をはじめた。

「ここに来られたみなさんは選ばれたひとです。もうみなさんの未来はバラ色です」

　そんな言葉で出会いのすばらしさを語り、そのあとの内容はお金の大切さになった。

　スクリーンに図を映しながら大卒と高卒の生涯年収の差や、家の購入費、子の教育資金、老後の生活費など、生きるだけでいかにお金が必要かと一時間くらいかけて語った。

　フロアー全体が異様な空気になっている。息苦しさで気力を奪われていくようだ。地方出身者で学歴の低い者は、金銭的に苦しむ人生であることが決まっているらしい。それにあてはまるわたしは、貧乏につぐ貧乏で、貧乏なまま一生を終えるのだ。東京に実家がある者と地方出身者とでは、社会に出るときのスタートラインがまるでちがう。

　たとえ地方出身者であっても高学歴であれば、がんばりしだいで追いつけることもある。でもわたしは専門学校中退。その理由が借金だった……。ほら、すでに貧乏の沼に片足がすっぽりはまっている。頭がのぼせたようになり、めまいがしてきた。

「ちょっと早智子、気分がわるい。いったん出ていい？」

「もうちょっとだから。あと五分」

　あと五分では終わらなかった。しかし後半はがらりと雰囲気が変わる。

「これからご覧いただく映像は、将来のみなさんの姿です。みなさんもこのような人生が送れるようになります」という前ぶれで、それがはじまった。

映像のなかの全員が弾けんばかりの笑顔だ。紙吹雪《かみふぶき》が舞うなか日焼けした社長風の男性から、「1000万」と書かれたボードと、車のキーの形をしたパネルを受け取る男性。

映像が切り替わるとハワイの豪華な造りの建物。芝生《しばふ》の美しい庭や広いプールが映り、ガレージに停《と》めてあるのは馬や牛のマークがついたスポーツカーだ。ホームパーティーをしている楽しそうな男女。高級品らしき腕時計やネックレス、バッグなどがアップで映される。

「お疲れ、理夏。どうだった？」

講義が終わると同時に早智子はそう訊くが、脳内がしびれた感覚のままで自分がなにを聞いて、なにを見たのかよくわかっていない。

「これは、なに？」

「詳しいひとが教えてくれるから」

丸テーブルの席に案内されるとスーツを着た若い男性が現れ、分厚いファイルを広げて早口で説明をはじめる。よく聞き取れない。

「このファックスの機械だったら、理夏も使うんじゃない？　こっちのコピー機とか、空気清浄機でもいいけど」

カタログを広げて早智子がすすめる。丸テーブル席に座ってから、かれこれ二時間くらいたつだろうか。紙コップのお茶はもらったが、お腹がすいてきた。

「だってうちの部屋、電話引いてないんだよ」

「じゃあ電話引くまで、私が預かっておくから。理夏はこれを五人のひとに紹介してくれればいいの」

くりかえし説明を聞いてやっとわかった。わたしが電化製品を買うと、そのうちいくらかが早智子に入る。そしてわたしの知り合い五人が電化製品を買えば、そのうちいくらかがわたしに入り、さらに早智子にもいくらかが入る。

ピラミッドの底辺が広がれば広がるほど、上部にいるひとにはたくさんのお金が入るというシステムだ。

「でも、五人も、買ってくれそうな知り合いはいないよ」

「じゃあ、最低三人でいいの。三人ぐらいだったら、誰かいるでしょう？　その三人に買ってもらったら、あとはなにもしなくても毎月お金が入ってくるんだよ。その金額がどんどん上がっていって、さっきの映像で映ってたみたいに、ハワイに家が建って高級車に乗れて、働かなくても一生遊んで暮らせるんだよ。すごいと思わない？　このシステムはまだはじまったばかりだから、早い者勝ちなんだ。理夏はラッキーなんだよ。私もいちばん大事なひとから紹介しようと思って、まず理夏に来てもらったんだ」

脳内は、しびれているような状態になったままだ。

「早智子、わたし頭がぼーっとしてるから、帰ってから考えていい？」

「明日になったらもう、誰かが先にはじめちゃうんだよ。早くやらないと意味がないの」

もうひとりの男性もさらに加える。

「学校のお友達でもいいんです。都内の自宅から通ってるひとはけっこうお金がありますよ。こんな電化製品くらい、いくらでも買ってもらえますよ」

「東京のひとはね、理夏、六本木《ろっぽんぎ》とかのディスコで遊んで、毎週のように旅行に行くんだよ。お金なんか湯水のように使ってるんだから」

「いや、でも……」

遊ぶお金がほしいとは思わない。ハワイの家にもスポーツカーにもまったく興味がない。ブランド品など買う発想すらない。ただ、借金をすべて返して、都会のひとと同じスタートラインに立てるようになりたい。夢をかなえるための勉強がしたい。もういちど学校に行って技術を身につけたい。

「理夏はアパレルデザイナーになるんだよね」

早智子と男性は途切れなく話をつづける。

「へー、デザイナーですか？　才能あるんでしょうね」

「すごい才能なんですよ。デザイン画なんてささーっと描いちゃう。そういえば、漫画も描いたよね。旭川《あさひかわ》の駅前にファッションビルを建てる物語の『ラフォーレ旭川』っていうの」

「すばらしい。その夢は、かないますよ。かならず」

確かに高校の授業中にそんな漫画をノートに描いて、みんなに回して読んでもらった。思い出すと顔が赤くなりそうだ。今はラフォーレ原宿《はらじゆく》などすっかり忘れて、コーポ服部にいかに長く住もうかと、そんな情けないことを考えていた。

コーポ服部がいくら楽しいからといって、いつまでもあそこにいるわけにはいかない。ちはるは恋人ができて、もう来ないのかもしれない。勝手に香港旅行に行ったくらいだ。秋子だってきっと同じだ。恋人ができればもうつき合いもなくなる。女の友情などいずれ消えてなくなるのだ。同類がいたと安心していたら、いつか置いて行かれる。

わたしは、わたし自身の夢があったことを忘れてはならない。

「本当に、三人に売るだけでお金が入ってくるの？」

「そうだよ、理夏」

ファックスを買ったことはないので相場がわからないが高いとは思う。

「でもこれ、高くない？」

「そのぶん、返ってくるお金も大きいってことだから。コピー機三台売ったら、つぎの月に三十万の配当金があるんだよ。だからこのファックスだって、すぐに元が取れて、あとは儲けがふえるだけだよ」

そう早智子は身振り手振りで説明する。わたしは紙コップのお茶をごくりと飲み込んでから、ゆっくり頷いた。

「よかった。やっぱり理夏に最初に紹介して正解だった」

「僕たち、いっしょに、幸せになりましょうね」

契約書が何枚もあった。分割払いにしたいが赤いカードで借りたキャッシングの返済が残っていると話すと、毎月五万円ずつ、直接早智子の銀行口座に振り込むことになった。

つぎの日の夕方、外出から帰ると二号室にちはるがいた。先週一週間来なかったことも、池ノ上のアパートでわたしを追い返したことも、まるで知らないみたいなとぼけ顔で。

秋子もなにごともないような顔をしてうちの部屋で寝ころがり、わたしは愚痴を言うきっかけもないまま夕飯をつくり、三人で銭湯に行って遅くまでくだらない話をした。

恋人はどうしたのか、ちはるは月曜日から連続でコーポ服部に来ている。今日で四日目。秋子もいるいつもの二号室の夜だ。三人でごろごろしながらテレビを見ていた。

「おい理夏、また電話だぞ」

戸の横でブザーが三回なり、しぶしぶ起き上がって階段を下りた。きっとまた早智子からだ。日曜日に会ったあくる日から、毎晩電話がかかってくる。

「すいません……」

大家へのあいさつがつい小声になる。今日はいちだんと怖い目でこちらを見ている。

「もしもし早智子？　呼び出し電話だからさ、大家さんににらまれるんだ。毎日はかけないでもらえる？　こっちからかけるようにするから」

「どうなの？　声かけたひとの返事は？」

「うん……」

アンゼリカの仕事が休みだった月曜と火曜をつかって、わたしは電話番号を知っているわずかな知人を喫茶店に呼び出し、新宿のビルで聞いたことを夢中で説明した。

「寮で同じ部屋だった先輩は、台湾の留学生でお金持ちだから、いけるかと思ったんだけど、寮にいるから電化製品は必要ないって。アクセサリーだったら買うのにって。あと、学校の副担任がお嬢様だから会って話したら、それは信用できませんって、ぴしゃりと断られた」

「もう、早く誰か探してよ。支払いの期限がきちゃうよ」

「わかってるから、ここには電話しないで」

受話器を置いてそっと出て行こうとすると、後ろから大家の声がする。

「めんどうなことを起こしたら、すぐ不動産屋に言って出てもらうからね」

すいませんと頭を下げながら戸を閉めた。

階段を上がるのに、ひさしぶりに手を使った。足が重くてずり落ちそうだ。わたしは東京に知り合いなど数人しかいないのだ。本当は専門学校の知人になど会いたくない。

部屋にいるふたりには、なにも話していない。でもだんだん隠しごとをするのに疲れてきた。

「毎日毎日、なんの電話？」

秋子は寝ころがってテレビを見ている。

「同級生だろ、なんかあったのか？」

ちはるは、相変わらず銭湯帰りのグレーのスエット上下だ。

「なんかね、ちょっと相談ごとされて」

「金か？　男か？」

ちはるがそう言うと、すぐに秋子が口をはさむ。

「ちはるは、なんでもかんでも金と男だね」

「若い女が相談ごとって言ったら金か男に決まってんだろ」

「そうなの、理夏？」

本当は秋子も連日の電話の呼び出しをいぶかしんでいる。

「うん……恋人のことでね、なんか別れ話がどうのこうの」

「どんな恋人？　学生？」

「別れ話ってことは不倫だべ？」

「なんで別れ話だと不倫なの」

また秋子とちはるの掛け合いだ。

「若い女が若い男と別れるのに、なんか支障あるか？　相談するほど悩むってのは障害のある恋愛だからだ。相手は妻子持ちのバンドマンとか、美容師とか、バーテンダーとかなんだべ」

「そうなの？　理夏」

「よくわからないから、こんど訊いておく」

こんなにめざといふたりに、隠しごとをするのは至難の業《わざ》だ。でもこのふたりに電化製品をすすめることは、どうしてもできない。それ以前に、この事実を知られたくもない。

あの日、新宿のビルの一室で契約書を書いたときは脳内が興奮状態だった。帰って一晩寝ると脳の半分は冷静になっていて、だまされているのかもしれないと考えた。でももう半分の脳は、誰かに電化製品を買ってもらわないと大変なことになるとあせっている。わたしは取り返しのつかない失敗をしてしまったのではなかろうか。


それから二日後の夜、また早智子からの電話だ。大家に叱られるからといったん切り、かけ直した。野田川横では野田君に聞かれそうなので、郵便局前の電話ボックスにした。

「理夏、なんで毎日電話してくれないの」

「ごめん。買ってくれるひとが見つからなくてさ」

「もうこうなったら、実家のお父さんとお母さんの名前借りて、なにか一台ずつ買ったことにして。それで理夏がもう一台、コピー機でも買えば三人になるから、そしたら来月には三十万の配当金があるから」

「そんなことできるわけない。だいいち、そんなにひとりで何台も買っちゃって、元が取れなかったらどうするの？」

「私なんかひとりで三台買ってるよ。それくらいして、やる気を見せてほしいって上に言われるから。でも理夏のとこで止まっちゃったら、元も子もないの。理夏が三台売ってくれないと広がらないんだって」

数学は得意なはずだが、この計算式はどうつくるのだろう。ひとりで何台も買ったとしても、ピラミッドの頂点だけが潤って、下層部までは届かないような気がする。

「早智子、もし誰にも売れなかったらどうなる？」

「そんなの、ありえない。ありえないけど、理夏が買ったファックスの代金だけは払ってもらわないと、私は首吊ることになりかねない」

電話ボックスを出てから、ふらふらと足が向かったのは野田川だった。待ち伏せしているわけではないという気配をつくり、換気扇下の公衆電話の受話器をにぎって立っていた。

もうすぐ午前一時だ。今日は秋子もちはるも眠いとかで早い時間に自分の部屋に帰った。

野田川の勝手口が開き、従業員が帰りはじめる。わたしは電話をかけているふりをして横目で彼を探した。

「あれ、理夏ちゃん？」

最後に出てきた野田君は、先輩といっしょだった。

「うん、ちょっと、電話してた」

「そうなんだ。じゃあね」

そっけなく通り過ぎて行ってしまう。

「ちょっと、野田君、あの、ほら、このあいだの」

引き止めたいのに言葉が見つからず、おまけに涙があふれそうになっている。

「え？　なんだっけ」

「あれが、ほら、このあいだ言ってた漫画、そこの古本屋で見つけた」

「ああ、あれ」

野田君が先輩と別れて戻ってきてくれた。

「どうしたの？　理夏ちゃん。なにかあった？」

「ちょっと困ったことになって……」

野田君に聞いてもらえると思っただけで涙がこぼれ、袖で顔を覆った。野田君は自販機の陰にわたしを立たせ、落ち着くまでそばにいてくれた。

「ごめんね。明日も仕事なのに。早く寝ないと」

「寝るのは二時とか三時とかだよ」

「そう……あのね」

きらわれるかもしれないと、少し脚色しながら早智子のことを話した。

「そっか。うちの先輩も、なんかそんなネズミ講みたいなのに引っかかって大変だったって」

「ネズミ講？」

「実際にはそれで儲かることはないみたいだよ。でもひどい話だよな。世のなか金持ちはいっぱいいるのに、オレらみたいな人間つかまえて、弱みにつけ込んでだますんだから」

「やっぱり、わたしだまされた……」

自販機の前に誰か来た。下北沢ではめずらしい白のボディコンワンピースを着た女のひとだ。長い髪をかき上げながら炭酸飲料を買うのを、野田君はチラリとも見なかった。

「どっちかだな」

「どっちか？」

「弁護士かなんかに相談して、契約を取り消してもらって、友達と縁を切る」

「え、そんなことしたら、早智子がどうなるか」

「その子もだまされてるんだから、あとからわかってもらえるさ」

「うん……その、どっちかの、もうひとつはなに？」

「ネズミ講みたいなことに参加しないで、自分の分だけ払ってやめる。買い物したと思ったら元を取ろうとしちゃうから、友達にお金を貸してくれって言われたんだと考える」

「うん」

「オレ、先輩に教えてもらって、ああそうかって気づいたけど、友達に五十万貸してくれって言われたら絶対に貸さない。貸さないで、返してもらわなくていい金額だけ、あげてしまうんだって」

「返してもらわなくていいの？」

「先輩が言うには、友達に大金を借りるようなやつは、たいてい返せないんだって。で、負い目を感じて突然音信不通になる。それで友人関係もなくなる。でも、五万円しかないけど返さなくていいぞって、お金をあげたやつは、そのあとも友達としてつき合えるんだって」

「へえ、そうなんだ」

本当の金額を言うと野田君にきらわれそうで、買ったファックスの金額をひとケタ少なく話した。きっと五万円ならあげてしまってもいいと考えたのだろう。

野田君は「ジュースおごってやろうか」と言ってくれた。わたしももう少しいっしょにいたかったけれど、その、「どっちか」を決めるのに頭が混乱しはじめていて、帰ってよく考えることにした。

木曜日だ。考えつづけて五日もたってしまった。ろくに寝ていないのでカレーパンを揚げながら気分がわるくなり、賄いも食べずに早引けさせてもらった。

夕方、秋子とちはるが帰ってきて、なにも訊かずにフレンチトーストをつくってくれた。食欲はなかったが、せっかくつくってくれたのでいっしょに食べた。

「理夏、おまえ、ちょっと実家にでも帰ったらどうだ？」

「え、なんで？」

「なんか、目がくぼんで首も長くなって、ラクダみたいな顔になったぞ」

ちはるのいつもの冗談ではなく、まじめに言ってくれている。

「実家には帰れない。親にまだ学費も返してないから、帰ったら肩身がせまくてラクダどころか、ダチョウみたいになっちゃうよ」

「そりゃあ大変だ。ダチョウは首が長過ぎる」

「あんたたち、バカじゃないの？」

秋子は口はわるいが、本音では心配してくれているようだ。

銭湯に行く気力もなく、ふたりだけでと送り出した。ひとりになってから、もう心身は限界なのだと自分に言い聞かせて覚悟を決め、郵便局前の電話ボックスまで歩いた。ガラスにぺたぺたと貼られたピンク色のシールには「テレクラ嬢募集中」の文字がある。読みかけてすぐに目をそらし、手帳を開いた。電話番号を確かめてから息を整える。

顔を上げた視線の先は、マルコ屋の総菜売り場だ。大皿に盛った料理がガラスケースに並んでいて、赤いサクランボがのっているポテトサラダが美味しそうだなといつも思う。

「もしもし、早智子……」

「理夏、どうなった？」

大きく深呼吸をした。

「わたし、お金持ちになんかならなくていい。もうやめる。だけど早智子は大事な親友だから、自分の分はちゃんと支払う。ファックス一台しか買えないけど、アパートに送って。一台分は毎月ちゃんと振り込むから。ほかの三人に売ることはもうないから、配当金とやらはいらない」

「なに言ってるの、理夏」

「ごめん、早智子。縁は切らないで。また会おうね」

「ちょっと」

目をつぶって受話器を置いた。がしゃりとなる金属音と、同じくらいに心臓が高鳴っている。返却口に十円玉がからりと落ちてきた。

その十円玉を持ってマルコ屋の総菜売り場に寄り、ちはると秋子にポテトサラダを買った。赤いサクランボは一個しかつかず、取り合いになることを想像するとちょっと笑えた。

翌々日の夕方、荷物が届くころにはかなり元気をとり戻した。昨日一日だけ体調不良を理由に仕事を休んだが、今朝は起きられてフライヤーの揚げ物も気分よくできた。

コーポ服部の急な階段を、ダンボール箱を抱えたベージュ色の作業着姿の男性が上ってくる。

「箱は持って帰りますか？」

「お願いします。あ、いや、箱に入れるかもしれないので、置いといてください」

「そうですか？　じゃあ、おつなぎしますけど、電話は」

「引いてないんです」

「え？」

「電話引いてないんで、引いたら自分でつなぎます」

「え、そうですか」

怪訝《けげん》顔の作業員を見送り、振り向くとちはると秋子がひざを抱えて座っている。想像していたより二倍は大きいファックス機を目にして、ふたりともしばらく言葉を失っていた。

「どうしたの、これ？」

「買った」

「電話引いてないのに？」

秋子が冷静に言う。

「買わされたのか？」

ちはるも真顔だ。

「いや、自分で買うことにした。昔からの友達が売ってるんだ。ネズミ講みたいなのにだまされているんだけど。友人関係を失わないように、これ一台分の金額だけ友達にあげるって考えることにした」

「これ、いくらだ」

「五十万」

しばらくふたりは沈黙し、それから吹き出して笑いはじめた。

「ふっかけられたなー」

「定価はその三分の一くらい。もっとかな？」

「理夏、そんな大金、友達にあげられるのか？」

「だって、向こうの言いなりになってたら、二百万の借金背負うことになってたんだよ。そのうえ、わたしの人間関係もボロボロになるところだった。だから、縁を切らない代わりに、このファックスの分はちゃんと払うって言ったんだ」

分厚い説明書を読んでいる秋子は楽しそうだ。

「すごいよこれ、業務用なんだって。コピーもできる」

ちはるはファックス機のカバーを開けたり閉めたりして遊んでから、

「これ、テーブルにも使えるぞ」と笑った。

三人で銭湯に向かい、道々ずっと話がとぎれなかった。とにかく三人ともしゃべりまくる。この二週間ずっと、わたしがおかしかったことを心配してくれていたらしい。

「理夏、借金返すのに、風俗で働くなんて言わないでよ」

風俗の意味もわかっていないわたしに、秋子が言う。

「わたしにできるわけ、ないでしょ」

「まあ、その返済が終わるまでと思ってアンゼリカで一生懸命働くしかないな。目標があれば働けるしさ。お金のために夢中で働いたらあっと言う間だよ」

さんざんバカにしたあと、ちはるはそんなことを口にする。「はは」と笑い声で返事をしたが、その言葉に救われる。本当にこれから夢中で働けそうだ。

銭湯帰りにだらだら歩きながらあたりを見ると、知らぬ間に桜が満開の季節になっていた。ブロック塀の向こうから伸びる桜の枝が、花びらを落としている。

飲み物を買いに、アパートのはす向かいにある酒屋に寄った。店の前でコーポ服部の隣人、尾村さんに会った。外で見るといっそう小柄で可愛らしい感じのひとだ。

「おお、元気か？」

「うん」

ちはるとは、三年ごしのつき合いだから親しげに話す。

「オムライス、仕事どうだ？」

「雑誌のコラム、小さいのだけど、連載でやってる」

声はきれいなのに小さい。

「それはよかった。あ、このあいだ、チンピラまいてくれてありがとう」

「うん」

ちはるは男性問題で、尾村さんまで巻き込んでいるのか。

「え、チンピラ？　尾村さんまで巻き込んでるの？」

秋子も同じことを考えた。

「理夏の部屋にひとりでいたらさ、窓の下にあいつらが立ってるの見えたんだ。だからオムライスに頼んで、いないって言いに行ってもらった」

「え、怖くないの、尾村さん？」

「前にも、そんなことあったから」

「もう、ちはるって、どんだけトラブルメーカーなんだか」

秋子がにらみ、ちはるがフンと言い、尾村さんは無表情だ。

わたしの知らないちはるのことを、尾村さんは知っているのだなとふしぎな気分になる。

「あれ？　オムライス、買い物あったんだろ。酒か？」

「いや、ここでファックス送ってもらう」

そう言ってつかつかと奥のレジに向かって行き、数枚の紙を酒屋の店主に渡す。店主は棚にあるファックスに紙をセットし、尾村さんが読み上げる番号をゆびで押す。

わたしたちは冷蔵庫からビールとサイダーを取り出した。

「オムライス、いつもここからファックス送るのか？」

「そう。仕事」

「おまえの部屋、電話引いたよな」

「引いた」

ちはるがこちらを向いて「おい、聞いたか？」と目を見開く。わたしも「うん」と返事をして、出て行こうとする尾村さんを呼び止めた。

「あの、うちに、新品のファックスがあるけど、使いますか？」

「いや、お金払えないから」

「いいんです。うちにあっても使えないし、見てるだけで腹が立つから、使ってもらえるとありがたいんです」

あの大きな機械が四畳半にあれば、いやでも目についてしまう。毎日それを見るたびに腹を立てているなんて、病気になりそうだ。

「でも……」

「ホントに、いらないんです」

「じゃあ、使う」

尾村さんはうれしそうではなかったが、ファックス機が誰かの役に立つというだけで、ほんの少し報われた気がした。

いつにもまして、さっぱりとした銭湯帰りだ。四人でアパートに向かった。

気づくと今この瞬間、初めてコーポ服部の住人と元住人、四人がそろっている。

正面の踏切を越えると鎌倉通り。その向こうの空がオレンジ色に染まっていた。

みそパンワイド

アンゼリカの工房には小さい窓がひとつだけある。パンを焼く熱気はその窓から抜ける風が流してくれる。窓の向こうによく顔を出す黒ネコが、七月の暑さのためか来なくなった。

「……だよな」

「ふふ、……だよね」

またふたりでしゃべっている。秋子と、秋子の劇団の後輩、津山《つやま》君だ。数週間前に秋子の紹介でアンゼリカにバイトで入った。絆が深い劇団仲間ではあるが、それにしても変だ。

工房のせまい通路は、ふつうは気まずくならないよう背中合わせにすれ違うのに、あのふたりはわざわざ胸がふれ合うようにしてすれ違う。おかしいではないか。

わたしはふたりの会話に聞き耳を立てるのだが声が小さ過ぎて、というか、ふたりだけの世界の言語みたいで、なにを話しているのかさっぱりわからない。

津山君は劇団の後輩であっても秋子のひとつ上の二十一歳だ。背が高くスタイルがいい。顔も時任《ときとう》三郎《さぶろう》に似ていて俳優らしさがあるが、いかんせん愛想がない。孤独を好むタイプのようで、周囲に薄《うす》氷《ごおり》のようなバリケードを張り、自分から話をすることはない。秋子によると、芝居でしか表現できないリビドーを内に秘めているとか。わたしには理解できない。

「津山、お昼行って」

「はい」

津山君は浜本チーフの指示に、相変わらずぶっきらぼうな声を返す。そしてエプロンの紐をほどきながら勝手口へ向かった。

わたしはフライヤーでカレーパンを揚げながら、視線の先で津山君と秋子を追っている。津山君が引き戸を開けながら顔を横に向けた。秋子も振り返ってそちらを向いた。

「……」

「……」

やっぱりだ。秋子と津山君は視線で会話した。ほかの誰も気づいていない。

さしずめ「先にお昼食ってくるな」「うん、いってらっしゃい」と、そんな新婚夫婦のようなやりとりを視線だけで交わした。もう間違いない。

これほどふたりの関係を探るのは、秋子がはっきり教えてくれないからだ。恋人ができたのなら真っ先に、コーポ服部の仲間に打ち明けるべきではないか。

あの無口な津山君が唯一、心を開いているのが秋子だ。恋愛関係になるのは自然の流れでもある。こちらに交際を反対する理由などない。それなのに秋子が隠すのはなぜなのか。

「理夏、今日の賄いはなんだと思う？」

背後から問う秋子の口調が、やけに湿っている。

「知らない。津山君が下りてきたら訊けばいいじゃない」

「なに怒ってるの?」

「怒ってない。だって、津山君とよくしゃべってるでしょ」

「あ、お腹すいてるんだ」

「すいてない」

心のもやもやが声を尖らせる。気づかないのか秋子はフンと鼻で笑って、そのあとは知らんぷりでカレーパンの成形をしている。

「あ、そういえば昨日、劇団の代表に面白い話聞いた」

津山君がいなくなると、こうして思い出したようにわたしに話しかけてくるのだ。それもしゃくにさわるではないか。

「理夏、駅前にいつも立ってる小太りの女のひと、知ってる?」

「なに言ってるの?」

「ほら、あのひと。四十くらいかな。地味な服でいつも立ってる」

「知ってるよ。黒いハンドバッグ提げて、髪の毛後ろで結んだひと」

「そう、あのひと娼婦だって」

「え?」

駅前に立っているその女性のことには触れてはいけないものだと思っていた。家族を亡くしたかなにかで正気を失っているのだろうと。ともすると岸壁の母や忠犬ハチ公と同様かと。

「男の人がね、あのひとにお金払って、連れ込み旅館に行くんだって」

「連れ込み旅館なんてどこにある?」

「ほら、忠実屋の裏、線路わきのかたばみ」

「え、あれ、そういう場所なの？」

頭に浮かぶのは、線路わきに立てられた大きな看板だ。横書きでお習字をしたような「旅館かたばみ荘」。どの時代のつくりなのか木造に増築を重ね、由緒があるようにも見える建物。お遍路の旅人が一夜の宿を借りるというイメージだったが、考えてみると下北沢に札所はない。

「そういう場所なんだって」

「へえ、だからなに？」

秋子はなぜそんなことを突然話すのか。これはもしや、津山君とかたばみ荘に行ったということか。それともこれから行ってみたいということか。

「なにって？」

「なにが言いたいの？」

「教えてあげただけじゃない。なんで理夏はそんなにつんけんしてるの？」

さらにむっとしたときだ。

「いいかげんにしてくださいよ」

怒声が聞こえた。一瞬、わたしが心の声を発してしまったかとあせったが、振り向くと永井先輩が仁王立ちになって顔を赤くしている。

「いくら、パン生地が乾くからって、この暑さじゃ倒れちゃいますよ」

怒りの矛先は浜本チーフらしい。永井先輩の視線の先で頬を強《こわ》ばらせている。

「実際、誰か倒れましたか？」

「倒れてからじゃ遅いんです。エアコン入れてください」

エアコンの問題だ。秋子と津山君に気を取られていたが、わたしもここ数日の暑さにはほとほと参っている。浜本チーフはプロ意識がつよく、パン生地が乾くからとエアコンを止めてしまう。工房内はサウナ状態なのに、首振り扇風機と、小窓からの風のみで凌《しの》いでいる。

「これは、従業員みんなからの要望です」

いつもおとなしい、山口先輩まで加わった。

「理夏ちゃんだって、今日はイライラしちゃって。秋子ちゃんも津山君も顔がほてってってるんです。若いからもってるようなものの、いつか倒れちゃいますよ」

いろいろと勘違いがあるような気もするが、わたしにも、浜本チーフにはがまんしてきたおぼえがある。このときとばかりに永井派に加わった。

「本当にこの暑さはつらいです。耐えられません。今日は六回、めまいがしました」

隣りに立つ秋子も当然こちら派だろう。

「私も暑過ぎて、今にも倒れそうです。もうふらふらします」

秋子はそう言って、足もとがおぼつかず左右にゆれる演技をした。

黙って聞いていた浜本チーフは怒っているのか恥ずかしいのか、ひょっとこのお面《めん》みたいな口になり、つかつかとエアコンの下まで歩くと、無言のままスイッチを入れた。

初めて女性組が一丸となって浜本チーフと闘い、勝利をおさめた瞬間である。

やっと昼の休憩だ。二階に上がると、いつもの椅子に座り、マスターは待ってくれていたようだ。

新商品の開発は少しずつ前進しているものの、まだ途中なのだ。

「理夏ちゃんが話してた、味噌トーストからヒントをもらってつくったんだけどね、どうかな」

「え、わたしはパンについては素人ですよ」

「素人さんのほうが、正直でしょ？　ほかのみんなは、いいって言うんだけど」

お腹がすいて賄いの唐揚げのほうに惹《ひ》かれるが、テーブルにある三角形のサンドイッチを手に取ってみた。バターが練り込まれた黄みがかったパンに茶色いペーストがはさまっている。

「味噌ですか？」

「味噌に甘味をつけてね、クルミを入れたんだ」

三角の尖ったところをかじってみた。

「これ、美味しいです。すごく美味しい」

むしゃむしゃと、すぐに半分食べてしまった。お腹がひと心地つくと、よけいに唐揚げが食べたい。

「そう？　売り物としては地味じゃない？」

「いや、これは、食事として食べられるから、いいと思います」

そう思いつきで返事をして、目の前の唐揚げを箸でつまんだ。

「主食になるんじゃないですか。こんなふうに、唐揚げにも合うし」

パンと唐揚げを交互にかじり、咀嚼《そしゃく》した。

「やっぱり、すごく美味しいです」

唐揚げといっしょに食べるといっそう美味しい。しかし食べながら、なにか引っかかるものがある。

「なんだろう……」

「直したほうがいいところ、ある？」

「いえ、ちょっと」

テーブルの籐かごにはラップに包まれた三角形の試食品が数個並んでいる。

「マスター、わたしよりも、アンゼリカの味に詳しい友達がいるんですけどね」

「ああ、よくパン買いにくる子？」

「はい。パン職人でもなんでもないんですけど、奥尻島の魚屋さんの娘で、舌だけは肥えているんです。カレーパンを揚げるのも、そのひとのおかげでできるようになったんです」

「そうなんだ」

「これ、一個、味見にいただいていいですか？　その友達に試食してもらいます」


夕方のコーポ服部二号室だ。三角の味噌サンドイッチを食べてちはるが言う。

「んー、美味いことは美味いんだけどな」

ちはるは先日、駅前で声をかけてきた美容師にヘアーモデルを頼まれ、それは技術不足による失敗ではないかと思うほど大きなソバージュヘアーになった。

「わたしも美味しいとは思ったんだけど、なんか、自分でもつくれそうだと思っちゃって」

「そうだな。これに足りないのは夢だな」

「夢？」

「味はいいから、この方向性で、あとは夢だ」

あぐらをかいてきっぱりとそう話すちはるは、ソバージュヘアーのおかげで頭の周りに後光がさしたインドの神様かなにかに見える。だからか言葉に妙な説得力がある。

あくる日マスターに、ただのパン好き女の素人意見ですからとことわりながら、

「夢がほしいそうです……」

おそるおそるそう伝えた。こちらのマスターも大黒様に似ているからか、決して憤ったりはしない。

「そうか、そうか」

なんども頷き、目を輝かせていた。風貌が神々しいと心も広いのだ。新商品の完成も近いだろうか。

わたしとちはるのいい加減な感想が、足を引っぱることにならないといいが。

ちはるの髪がさらに大きなソバージュヘアーになっても、まだマスターは試作品をつくりつづけていた。もうすぐ七月も終わろうとしている。

アンゼリカでの仕事を終えてから、野田川に向かった。開け放ってある勝手口から調理場を覗くと、野田君が水道水を弾かせながらキュウリを洗っている。

「ひとり？」

「おう、今みんな二階で賄い食ってる」

「よかったら食べてくださいって」

お使いで持たされた黄色いポリ袋を差し出した。

「やったー。ありがとう」

前掛けで拭いてもまだ濡れた手で受け取ってくれた。

「カレーパン、理夏ちゃんが揚げたの？」

「うん。ホントは揚げたてが美味しいんだけどね」

「そうだ。ちょっと時間ある？」

「うん。もうアパートに帰るだけ」

「今朝、実家から戻るとき、おみやげに焼きまんじゅう持たされてさ、店のみんなに食べてもらったんだ。理夏ちゃんも食べる？」

「焼きまんじゅう？　食べたことない」

「うちの母ちゃんがつくって売ってるんだ」

「え、飲食店なの？」

「いや、店は持てないから屋台で」

表で待っていると、味噌が焼ける香ばしい匂いがしてきた。

アルミホイルを皿にして「はいどうぞ」と手渡してくれたのは、拡大したみたらし団子のようなもので、平たいまんじゅうを三個串に刺し、味噌ダレをつけて焼いてある。

「ありがとう。もらっていくね。お仕事がんばって」

アパートに帰ると、すぐにちはるも「ただいま」と帰ってきた。焼きまんじゅうは、エステに行っている秋子に一個とっておき、ちはると一個ずつ食べることにした。

「まだあったかいね」

「おお、焼きたてだ」

みたらし団子とは別物で、小麦粉を使ったまんじゅうに、甘い味噌ダレをぬったものだった。

「これは、初めて食べたけど、美味しいもんだな」

「ホント、ホント」

わたしは皿にのせ箸で食べているのに、ちはるは自分のぶんだけ串に刺してペロペロキャンディーみたいにしてかじっている。

「理夏、おまえよ、この焼きまんじゅう、アンゼリカのマスターに食べてもらえ」

丸く見開いた、悟ったような目でちはるが言う。

「マスターに、なんで？」

「昨日、試作品持ってきただろ？　味噌のパン」

「うん」

マスターの新作パンが完成しないのは、ちはるのいい加減なアドバイスのせいではないかと責任を感じ、試作品は持ち帰ってちはるに食べてもらっている。昨日のが五個目だろうか。

「あれはさ、丸くて夢はあるんだけど、今ひとつだった。味噌が練り込んであるからか、ふっくらしてないんだ。かといって味噌の量を少なくしても、なんか物足りないんだろうし。だったら味噌とパンを別にしたほうがいいんじゃないか。で、今これ食べて、これだってひらめいた」

「まんじゅうにするの？」

「このまんじゅうは生地じたいには味噌の味はしない。かかってるタレが甘辛い味噌ダレなんだ。口のなかで味噌ダレとまんじゅうが合体したとき、タレのしっかりした味と、まんじゅうのあっさりした味が混ざって、ちょうどいい味になる。味噌の香りもしっかり残ってる」

「そうか、じゃあ味噌あんをパンのなかに入れるのは？」

「いや、味噌は焼くとこんなに香ばしくなるんだぞ。やっぱり焼いたほうがいい。パンにもこれを使わない手はない」

何個も試作品をつくっているマスターに、そんな初歩的な話をするのもどうかと気が引けたが、ちはるは「絶対マスターに食べさせろ」としつこく言う。

翌日の昼休憩のときに、浜本チーフに「ちょっと電話をしてきます」と告げ、外出させてもらった。アンゼリカから野田川まで三十歩だ。

勝手口を覗くと野田君はガスコンロの前に立ち、手鍋のようなものを温めていた。見習いの野田君はこの時間からひとりで仕事をはじめると聞いていた。

「野田君？」

「おお、めずらしいな、こんな時間に」

手が離せないらしく、大きな声をあげて調理場から話す。

「昨日、焼きまんじゅう、ごちそうさま」

「どうだった？」

「すっごく美味しかった。それでさ、うちのマスターにも食べさせてあげたいの。もう一本もらえる？」

「え、もうぜんぶ食っちまったよ」

「じゃあ、つくりかた教えて」

「あれ、けっこう面倒くさいんだ」

聞くと、焼きまんじゅうをつくるにはかなりの手間がいる。パンづくりで使うイースト菌と同じような麴菌《こうじ》なるものをつくるだけで二日間かかる。それを小麦粉に混ぜて生地を発酵させ、成形して蒸し器で蒸し上げる。串に刺して焼きながら味噌ダレをぬりつけ、味がしみたところで熱々を食べる。

「オレの実家で朝に蒸したまんじゅうをもらってきて、その日のうちに味噌ダレをつけて焼いたのが、理夏ちゃんにあげた焼きまんじゅう。つくりたてだったから美味かったんだよ」

「そっか。やわらかかったもんね」

「高崎《たかさき》に行ったら、老舗の美味い店があるんだけどな」

「高崎か。マスターに話してみようかな」

そう口にしながらふいに、野田君のお母さんのことが気になった。どんな容姿で、どんな性格なのだろう。焼きまんじゅうのことよりも、お母さんのことをすごく知りたい。

「わたしは野田君のお母さんがつくったのが食べたいな」

「屋台は縁日のときしかやってないから。ふだんは神社でだるま売ってるんだ」

「だるま？　すごいね、野田君のお母さん」

「いろんな仕事やってる。料理屋の手伝いとか、農家の仕事とか」

「うわ、たくましいね」

たくましいお母さんに育てられた野田君は、お母さんに似た女性がタイプなのだろうか。わたしは似ていそうにない。少なくとも今は。今のわたしは都会に負けそうになっている。

「わたしも高崎に行ってみたいな」

そう言うと野田君はにっこり笑った。そして調理場から歩いてきた勢いで、わたしの頭に手をのせた。「わ、髪が濡れるー」とわめいているわたしに、野田君が真顔で言った。

「いつか行こうな」

「え？　うん」

こんどの休みにというような軽い言葉ではなく、ずっと先まで夢見ていられる「いつか」という言葉がうれしかった。

「じゃあ、またね」

「おう、午後からもがんばれよ」

手をふって別れた。

アンゼリカに戻ると店の前のスクーターにマスターがまたがり、出かけようとしているところだ。焼きまんじゅうのことを思い出した。

「あ、マスター。そういえば、美味しいもの食べたんです」

野田君にうつつをぬかし、忘れそうになったことを心のなかであやまりながら、焼きまんじゅうについて知った情報を伝えた。

するとマスターは、フットワークのよさをその日のうちに発揮した。夕方帰ろうとするとのの子さんが、「マスター、群馬の高崎に行くって、さっき出てったのよ」と心配そうにしている。

わたしも情報を流した手前、マスターが高崎で迷子になっていないか気が気ではなかったが、あくる朝アンゼリカの開店時間に戻ってきた。一泊したのだ。

「理夏ちゃん、食べてきた。美味かったー。よかったよ、行って」

帰ってきてからのマスターは、新作パンの研究の日々だ。午後の仕込みが終わり、従業員が帰ろうとしている工房に現れて、新しいパンの試作品を焼いていた。

秋子は劇団の定期公演についての話し合いとかで、帰りが深夜になることもあるが、アンゼリカのバイトは休むことなく、朝はいっしょに出勤する。

早朝、南口商店街を歩きながら疲れぎみの秋子が言う。

「理夏、今日も話し合いで遅くなると思うから、夕飯も銭湯も私のこと待たないでね」

「わかった。津山君もいっしょ？」

「え、あたりまえじゃない。同じ劇団なんだから」

工房で津山君とコソコソいちゃいちゃするのは相変わらずなのに、未《いま》だ交際の決定的な証拠はつかめず、秋子からわたしに、恋人なのだと打ち明けてくれることもない。

そしてコーポ服部二号室の夜だ。秋子は劇団に行っている。

「そうか、アッコ、やっぱり男ができたか」

ちはるはあぐらをかいて、しきりとウチワで顔をあおぐ。それでも汗が出て首にかけたタオルで時おり顔をぬぐう。わたしもほぼ同じ状態だ。西日の熱がまだ部屋にこもっている。

「いい男なのか？　その時任三郎」

ちはるは、秋子が恋愛中だと勘づいたらしく「理夏、なにか知ってるか？」と訊くので、この数週間、バイト中にイラついていたことをすべてぶちまけた。

「津山君？　見た目はわるくないよ。役者になるくらいだからスタイルも姿勢もよくて、背も高い。でも無愛想で、なに考えてるかわからない。アッコにだけは心を開いてる」

「そうか」

開け放った窓から身を乗り出して、ちはるはいつまでも温《ぬる》い風にあたっている。

「ちはる、なに考えてるの？」

こちらを向いたちはるは、窓枠に背をもたれ片足を上げて俳優風ポーズだ。

「アッコはああ見えて嫉妬深いんだ。彼氏ができても紹介しないつもりかもな」

「え、アッコって嫉妬深い？」

「意外とな。もっと自信持てばいいのによ。あんだけいい女なのに、コンプレックスがつよいんだよな」

「コンプレックスがつよいってことは自分でもわかってるみたいだけど。きっと理想が高いんだよ。エステに行ったり脱毛したりしても、自分に満足できないみたいだし」

「あいつさ、自信ないくせに、わざと強気なこと言うだろ」

「そう。自信あるふりしてたら、運勢も上がるって言ってた」

「本当はコンプレックスのかたまりだから、つき合う男もそういうタイプなんだよな」

「そういうって？」

「アッコのことを、女王様みたいに扱ってくれるやつ」

「そうかな。わたしにはよくわからない」

ふたりのことを秋子に問いつめたいと言うと、ちはるは「それはやめておけ」と反対する。あれこれ追及したりせずに見守ったほうがいいのだそうだ。

しかし恋愛経験の少ないわたしにはその意図も理解できず、ただ見守るわけにはいかなかった。

翌日は秋子の劇団の稽古が休みだった。アンゼリカから帰るとすぐに秋子を部屋に呼んだ。

「隠してたわけじゃないって。言うつもりだったって」

西日の差し込むコーポ服部二号室で、ひざを突き合わせて座っている。北側の窓と入り口の戸、バルコニーの戸まで開け放つとわずかに風が通る。生温かい風が。

「なんなの今日は、仕事中に見つめ合って顔赤くして。つき合ってるの見え見えなのに、言ってもらえないのは気分がわるい。わたしは秋子も津山君も両方知ってるんだから。同じ職場なんだから」

「話すつもりだったって」

言いながらふたりとも部屋の暑さに耐えられず、シャツを脱いでタンクトップ一枚になった。

「そりゃあ、私だって話したくてうずうずしてたよ。昨日、ファーストチューだったんだから」

「え、チュー？　まだそこ？」

「まだって？」

「え、もっと、ホテルとか行ってるかと。かたばみ荘とか」

「ちょっと、そんなわけないじゃない。昨日、劇団のみんなと飲みに行って、帰り道送ってくれて、じゃあねってときに、そこのスナックの前で」

「スナックの前か……」

コーポ服部の西隣りのマンション一階にカラオケスナックがある。前に車一台ぶんのスペースがあり、ちょうどコーポ服部の壁で陰になるので、酔っぱらった男女がよくそこで抱き合っている。

「でも、ちはるには知られたくない」

「なんで？」

「だって、ちはるだよ」

ちはると聞いて、北側の窓枠に置いた目覚まし時計を見た。針は五時二十三分。そろそろやってくる時間だ。

「最近は男の影も見えないよ。ここにも毎日来てるし」

パンチパーマ男と旅行に行ったときは女同士の友情も失《う》せたと思ったが、なぜかあれからずっとうちに入り浸りだ。あの男はどうしたのか気にはなるが、ちゃんと話してはいない。

「理夏には刺激がつよ過ぎるから言わなかったけど」

なにか言いかけて、秋子は口を結んでいる。

「なに？　驚かないから話して」

戸のほうをうかがいながら秋子は小声で話す。

「ちはる、ここを出てから代々木上原のお姉さんとこにころがり込んだんだよね。お姉さんは家庭持ってて子どもがふたりいるのね」

いつか、代々木上原のお姉さんがこのアパートを探してくれたと話していた。

「そういえばちはる、お姉さんの話、しないよね」

「そうでしょ。だってお姉さんにひどいことしたから縁を切られたんだもん」

「なにしたの？」

「お姉さんの旦那さん……義理のお兄さんと、駆け落ちしちゃったんだ」

「え、うそ」

「ここにお姉さんが訪ねてきてさ、ちはるはいるかって。知らないって言ったら泣き崩れて、もうちはるとは縁を切る、あの子は昔からひとの物をほしがる子だったけど、夫まで奪われたって」

「なにそれ……」

テレビドラマのような話で脳内での処理が追いつかない。

「うそでしょ？」

「ホントだって。だからお姉さんと会ってないの」

「じゃあ、アッコが言ってた、行方不明だった三ヶ月間は、義理のお兄さんと？」

「うん。三ヶ月で別れて、池ノ上にアパート借りたんだと思う。それから、理夏が越してきて、ここに入り浸るようになった」

「そうなの？」

駆け落ちの話が本当であれば、もっと憂いのある女になっているような気がするが。

「だからって、津山君のことも奪われると思ってるの？　あのちはるが津山君を？」

「いや、そんなことはないとは思うんだけど、ちょっと……心配にはなる」

秋子が話し終わるのを待っていたかのように、玄関のドアノブにカギを差す音が聞こえる。スペアーキーを持ったちはるだ。

「来たよ、ちはる」

秋子は津山君のことを口止めするように唇の前に人差しゆびを立てる。

「もう、言っちゃった」

「え？」

「ちはるに話しちゃった」

「なんで？」

「だって、アッコが隠してる意味がわからなかったから、なんで教えてくれないんだろうね、絶対つき合ってるはずなのにって」

秋子の「バカ」というひそめ声と同時にちはるのソバージュヘアーが日の出のように階段から上ってきた。戸口に現れた顔は、なにかたくらんでいそうな満面の笑みだ。

「これなーんだ」

ちはるが左手でレジ袋を持ち上げる。

「な、なに？」

「バースデーケーキつくるんだ」

レジ袋にはアイスクリームのカップ数個とフルーツのアイスキャンディー十二本入りの箱が入っていた。それを畳の上に並べる。

「誰の誕生日？」

秋子は冷めた目だ。

「理夏のだよ」

「え、わたしの誕生会は、このあいだやってくれたじゃない」

「あの日はアッコが稽古で遅かったし、ビールとつまみだけだったし、二十歳の誕生日にしてはなんか物足りねえなって思ってさ。今日はアッコ休みだろ」

「でもこれ、アイスだよ。どうやってケーキつくるの？」

秋子はさっきの話の延長からか、ちはるに冷たい目を向けるが、ちはるはおかまいなしに大皿にアイスクリームを出して、スプーンでひとつに固めようとする。そこにアイスキャンディーを十二本さすと「ほーら、ケーキに見えてきたー」と得意げに言った。

「キャンディーがロウソクってこと？」

「二十本は買えなくてわるいな」

「そんなこといいけど、早く食べないともう溶けてるよ」

アイスはどんどん溶けて皿にミルク色の液体が溜まってきた。

「早く食べろよ、理夏」

「ちょっと、そんなに早く食べられないよ」

「ほら、アッコも、食べろ食べろ」

「なんかこれ、気持ちわるいな。キャンディーの色が混ざってる」

「いいから早く食べろ」

ちはるはウチワでケーキをあおいでいるが、風が温いのでよけいに早く溶ける。さしたアイスキャンディーがつぎつぎ倒れて、黄色や紫や青の液体になって、アイスクリームに混ざる。

「もう、これ汚い色になったよ。まずそうだよ」

秋子がそう文句を言い、ちはるが「うるせー、目えつぶって食べろ」と怒鳴る。

これがいつものコーポ服部二号室だ。もうちはるの男性遍歴の話は忘れよう。忘れてしまいたい。

秋子もいつしか機嫌がよくなり、また三人で、いつまでもふざけ合っていた。


アンゼリカは今日も忙しく、やっと休憩できたのが午後一時半だ。

「お昼いただきまーす」

二階では、マスターとのの子さんがテーブルに丸いパンを並べて会議中だ。

「お疲れさま。ビビンバだから、セルフサービスでいっぱい食べて」

マスターの母上がゆび指すキッチン台に、ビビンバの具が並べられている。皿にごはんを盛り、もやしと肉とホウレン草とニンジンの具を山盛りのせ、真ん中に温泉卵を割った。

「これ、試作品ですか？」

マスターとのの子さんが会議をしているテーブルの、片側の席に座った。

「うん。理夏ちゃんがヒントをくれた、みそパン」

「え、これが？」

マドレーヌ型の丸いパンの上に味噌のトッピングをかぶせて焼いたようで、香ばしい香りが立っている。五個あるパンは白っぽいものから黒っぽいものまで色がまちまちだ。

「まず味噌の種類なんだよね。高崎の焼きまんじゅうは赤味噌だから、これなんだ」

「わー、これは黒い……」

のの子さんもわたしと同じ意見らしく「そうよね」と言う。

「炭火で焼くには赤味噌はいいんだろうけどね」

「オーブンで焼くと色が濃くなるね。だからといって、これは色むらがな。白味噌なんだけど」

「焦げつきやすいのよね。やっぱりこれね」

のの子さんがゆび指し、マスターもこれだなと持ち上げたのは、ちょうどカレーパンと同じくらいのキツネ色のパンだった。

「これは美味しそうな色ですね。何味噌ですか？」

「これは、信州《しんしゅう》味噌」

「信州？」

「長野よ。わりとポピュラーな味噌よね」

マスターがそのキツネ色のパンをゆびでちぎって、口に放り込む。よく咀嚼して首をひねる。ののの子さんも同じパンをちぎって口に入れた。

「味はいいわね。信州味噌は辛口だから、味噌の味がよく残ってる。香りもいい。ちょっと味噌の部分が硬いかしら。パンと分離してる気がする」

わたしも味見をすすめられたが、完成したときの楽しみにとっておきますと断った。

本当はお腹がすき過ぎていたので、ビビンバを皿に盛ったときから口のなかがビビンバ仕様になって、ほかの味がわかりそうにない。

「そうだな。もうちょっと、ゆるくしてみようかな」

「そうね。まあ、味噌は決まったから、よかった」

「もう少しだ」

口いっぱいにビビンバを頬張りながら、夫婦のやりとりを見ていた。まるで映画の一場面のようだ。夢をかなえようとする夫をそばで見守り、そっと背中を押す妻。

「売れるといいですね。みそパン」

感動を伝えるつもりでそう言った。

「そうね。売れるか売れないかは別として、美味しいのができるといいわね」

あせらないののの子さんが、マスターに向かってそう声をかけた。

わたしも、夢をかなえようとしている料理人の背中を、そっと押す日を想像していた。

昼間は残暑がきびしいのに夜には秋の匂いがするようになった。九月に入った東京ではそこはかとなく切ない思いにかられる。北海道では感じなかった人恋しさだ。

「アッコはどうだ？」

銭湯帰りにちはるが、めずらしくトーンを下げた声でつぶやく。ちょっと歩きたいと言うちはるにつき合い鎌倉通りまで遠回りした。夜風にすっかり汗が引いて、湯冷めしそうだ。

「どうって、なにが？」

「彼氏と上手く行ってんのか？」

津山君とのことはのらりくらりとごまかして、ちはるにははっきりとは話していないのだが、やはりつき合っていることは勘づいているらしい。

「え？　そんなのわかんない」

アツアツの恋人同士だとバラしてしまいたいが、あとで秋子に叱られるのはいやだ。好都合なことに秋の定期公演に向けての稽古で、秋子はこのところ留守がちだ。

「ちはるはどうなの？　アッコのことより自分の心配したら？」

「んー、あたしの性欲には周期があるからな。今はない時期だ」

それは正直な言葉なのだろう。ちはるの周辺にはパンチパーマの男の影も、別の男の影も見えなくなった。

「性欲って、いつ高まる？」

「そうだな、満月の夜かな」

「へえ……」

「おいおい、おまえはオオカミかって突っ込めよ」

「わたしには、わからないから。性欲高まると、どんなふうになる？」

「あたしだって、誰でもいいわけじゃないぞ。好きな男が近くにいないと」

「襲うの？」

「なんでだよ。理夏だってわかるだろ？　この男、性欲高まってるなって」

「え、そんなのわかるわけない。ちはるわかるの？」

「おお、あたしはすぐわかっちまう。お互いにそうなってるなっていうの。だから自然の流れでやるだけ」

「相手に奥さんがいたり、恋人がいたりしても、わるいなって思わない？」

「それがさ、思わないんだ。そのときはまったく考えない。あとから学級委員長みたいなやつが出てきて、とっちめられるんだ」

「学級委員長？」

「小学生のときによ、あたし学級委員長に呼ばれて、サツキちゃんがヒデアキ君のこと好きだって知ってるよね。じゃあなんでヒデアキ君と仲良く遊んでるの？　サツキちゃんがかわいそうだと思わないの？　って、おっかない顔で言われてさ」

「あ、リアル。そういうこと、女子は言うよね」

「そうなのか？　女子はだいたいそういうふうに思うのか？　だって、ヒデアキ君はサツキちゃんのものじゃないんだぞ」

「まあそうだけどね」

「あたしはなんかわけわかんなくて、この男は誰かの所有物だって話を聞くと壊したくなる性格になった」

「それ、わるい性格なんじゃないかな？　恨まれるよね」

「なんか、だんだん、恨まれるのが快感になってきたぞ」

「なんで？」

「なんでかな。誰も信用してないからかな」

「誰も？　わたしのことも？」

「お？　どうかな」

「アッコのことも？」

「どうかな……」

衿《えり》のすき間から風が入り込み、身ぶるいがおきた。「涼しくなったよね」とつぶやき、バスタオルを肩にかけた。ちはるは黙りこくって前を向いて歩いている。

誰も信用できなくなるほど、ちはるはひどい目にあってきたという意味だろうか。

「おいおい、いるぞ、いる」

視線を前方に向けたまま、ちはるが声をひそめる。一瞬、チンピラ男がまた来たかとひるんだ。

「やつら？」

「アッコたちだよ。ほら」

「あ、そっちか」

目を凝らすと秋子と津山君だった。コーポ服部二号室窓下のカラオケスナック前だ。黒のワンピースの秋子と、白いシャツを着た津山君が腕をからめて見つめ合っている。

「まるで、恋人同士みたいだね」

動揺を隠しながらなにげない声で言ってみた。

「あれが恋人同士じゃなくてなんなんだよ。芝居の稽古とでも言うつもりか？　よし、びっくりさせよう」

そう言ってちはるは、塀をつたうようにしてゆっくり進む。隠れなくとも気づかれそうにないほど、秋子と津山君は熱い抱擁を交わしてふたりだけの世界に浸っているようだ。

「おやおや、今日もおアツい、おふたりだねー」

予想以上に自然な演技でちはるが言い放った。芝居の主役でも行けそうではないか。

「あ」

「あ」

秋子と津山君の声が重なり同時に西を向く。こちらもミュージカル俳優なみの声量だ。

ここは取り繕わなくてはと「あ、あの、お風呂行った帰りなんだ」と言い添えた。ちはるの肩ごしに顔を覗かせているが、怖くて前へ行けない。

「そうなんだ」と言いながら秋子がこちらをにらみつける。わたしがバラしたと思い込んでいる目だ。

こんなところで抱き合っているほうが、おかしいだろう。

秋子が津山君にちはるを紹介してから、「じゃあまたね」と言う。

「いいじゃないか。上がってけよ」とちはるはアゴで二階の窓を指す。そこはちはるの部屋ではなく、わたしの部屋なのであるが。

津山君は「いや、今日は、ちょっと」と後ずさりする。

「そうだ。アッコ、おまえら、銭湯行ってこい」

秋子と津山君が顔を見合わせて頰を赤らめた。

「な、そうしろよ。アッコ、風呂道具取ってこい」

部屋に簡易シャワーを置く女が新しい恋人と銭湯に行くわけがない。と思うそばから、秋子はそそくさと玄関に向かったのでずっこけそうになった。

秋子が行ってしまうと、無口な津山君が心もとなげに突っ立っている。どうしよう……。

「おニャン子では誰が好きだった？」

いきなりちはるは津山君にそんな質問をする。

「やっぱり初期メンバーか？　最後のほうは、名前もおぼえられなかったよな」

「いや、そういうの、あんまり興味ない」

ちはるはなぜ、おニャン子クラブの話をはじめたのか。確かに解散の話題で持ちきりだが、今まで女同士で話題にしたこともない。

「興味ないわけないだろ。男はみんなおニャン子のなかにタイプの女をさがすもんだよ」

「いや、本当にそれほど知らない」

「じゃあ、渡辺《わたなべ》美奈代《みなよ》と渡辺満里奈《まりな》だと、どっちだ？」

「いや、わからない」

津山君が不機嫌になっていくようであせった。

「ちはる、ほら、津山君は役者さんだからさ、アイドルとか興味ないからさ」

「どら、手相見せてみろ」

いきなり津山君の右手をつかみ、自分の胸の前に引き寄せた。大きな津山君の手を両手で開き顔を近づけたので、手相を見るのかと思えば、クンクン匂いを嗅いでいる。

「あ、この匂いは、満里奈だな」

「え?」

「あなたは、渡辺満里奈が好きですね」

「え、いや」

「アッコには内緒にするから言ってみろ。おまえは満里奈が大好きだな」

「え、はい……」

「よし、正直でよろしい。アッコには言わないぞ」

「あ、はい」

なんなんだ、このやりとりは。ちはるはものの二分くらいで、あの無愛想な津山君を手なずけた。信じられないテクニックだ。魔女なのか。こんなに無防備な、ヤマンバみたいに伸びたソバージュヘアーの女なのに。グレーのスエット上下なのに。

さっきちはるが、めずらしく自分のことを語った言葉がはっきり耳に残っている。

「この男は誰かの所有物だって話を聞くと壊したくなる……」

冗談だと思いながら聞いていたのに、なんだかちはるが怖くなってしまう。

お風呂道具を取ってきた秋子は、恥ずかしそうに笑いながら津山君を連れて銭湯へ行った。津山君とちはるのあいだに「満里奈の秘密」が芽生えたことも知らずに。

後ろ姿を見送りながら、このことは秋子には言わないでおこうと思った。


西日が差すとちょうどいい暖かさになり、暑くも寒くもない季節だ。

今日、秋子は定期公演の稽古で遅くなる。それにちはるも今日は来ない。どこの誰かは知らないが、男性とデートらしい。性欲の高まっている時期なのかもしれない。

いつも誰かが来ている生活をしているので、たまにひとりになると無性に寂しい。部屋の真ん中に座っているうちに、ふっと意識したひとがいる。三号室の尾村さんだ。

コーポ服部の二階には、現在わたしと尾村さんしかいないのだ。じっと耳をそばだて、薄い壁の向こうをうかがった。しずかだが、ちゃんと人間の気配がしてほっとする。

そしてこんなときだけ思い出すことがもうしわけなくなった。

そういえば尾村さんにことわらないといけないことがある。秋子がコーポ服部に津山君を二度連れてきた。二度目は二号室で、四人いっしょにうどんを食べた。

わたしが実家から送られてきた乾麺を茹《ゆ》でていると、ちはるが天ぷら屋さんから揚げ玉をもらってきて、一号室のふたりに「あたしがつくったうどん、いっしょに食べよう」と声をかけた。

いつにもましてちはるは調子づいてしゃべっていたので、そうとう騒がしかったはずだ。それに女性限定のアパートに津山君が出入りする問題もある。

思い切って尾村さんに手紙を書いた。戸のすき間にその手紙を差し込み買い物に出かけ、帰るとうちの部屋の戸に紙がはさまっていた。原稿用紙の裏に書いた細かい文字だ。

「前略　尾村です。手紙読みました。騒がしいときもありますが耳栓をしているのでだいじょうぶです。自分だけのために大騒ぎできないとなると、自分が小うるさい大家と同類になってしまい、あなたがたは自分のことを疎ましく思うでしょう。騒がしいことと、疎まれることを比べたら、自分は騒がしいことのほうがましです。だから自分のことは気にしないでください。それから男性が出入りすることも、トイレを使われることなども本当はいやですが、自分がいやだからと言って、恋人同士が会う回数を減らすことはないでしょう。恋路をじゃまするようなことをして、恨まれるのはもっといやです。それに、ちはるの彼氏にくらべたら、はるかにましです。だから今のままで自然にまかせてください。自分の心配など、いっさい必要ありません。ファックスは役に立っています。ありがとう。草々」

ちはるの彼氏は、津山君よりはるかにひどかったのか。こうして文字を見ると、尾村さんの敏感そうな性格をもっと気づかったほうがいいような気がしてくる。

いつもひとりぼっちで、寂しくなることはないのだろうか。それとも物書きにとっては孤独が栄養なのか。「自分」が心配されることも、尾村さんはきらいなのだろうけど。

わたしは今日やたらと寂しかった。でも、もうだいじょうぶだ。さっき忠実屋に行き洗濯洗剤とティッシュを買った帰り、通りがかった野田川の勝手口で野田君に会えた。

夜の七時はうなぎ屋さんが最も忙しい時間だ。いつも会う開店前とは別の、引き締まった顔で野田君は駆け回っていた。勝手口の外にダンボール箱を出したときに声をかけた。

「おーい」

こちらを向いた野田君は声を出さずに「よう」という口をつくって手を上げ、わたしも胸のあたりで手をふった。たったそれだけのことなのに、寂しかった今夜はすごくあったかい気分になれた。

かたばみの葉

十月だ。風が頬に心地よく空はどこまでも高く、わたしの食欲も果てない場所へ連れて行かれそうになっていたとき、ついに「みそパン」が完成した。

今日はマスターからのつくり方指導がある。昨日の帰りがけ、のの子さんにその旨を告知されてから、秋子に気持ちわるいと言われるほどニタニタしてしまう。

販売のバイトさんに店頭をまかせ、ほかの従業員は仕込みがすんだ工房に集まった。マスターはレシピノートを読みながら、すでに一次発酵させたパン生地をゆび指す。

「これを九十グラムに分割して丸めます」

まかせておけとばかりにベテラン組が手早く分割して、ふくらみが戻るまで少し休憩させる。そのあと空気を抜きながら、表面をなめらかに整えて丸める。

天板に並べたアルミカップにそれを据え、ホイロを使って二次発酵させる。

「待っているあいだに、味噌ルーを練ります」

ステンレスボウルに、バターと砂糖、牛乳と溶き卵、信州味噌と小麦粉などを入れてホイッパーで練り上げていく。これは腕力のいる仕事で、従業員全員が交替しながら練った。

「この味噌ルーは、練るとかなりやわいですね」

浜本チーフがホイッパーを持ち上げると、味噌ルーはリボンくらいの幅できらきら光りながら流れ落ちる。

「そう。ルーが硬いとパンに味がしみ込まないからね」とマスターが説明する。

「最初はメロンパンみたいに、トッピングをのせる形にしたんだけど、パンとトッピングが分離しやすくてね、やわらかいルーにしたんだ。そしたら周りに流れるから、アルミカップに入れることにした」

タイマーがなり天板をホイロから出すと、アルミカップのなかには発酵してふくらんだパン生地が並んでいる。まるで生まれたての天使のタマゴだ。

一個ずつにお玉ですくった味噌ルーをたっぷりかけていった。天使のタマゴにクリーム色のタオルケットをかけたみたいに可愛らしい。

「ここで味がしみる時間をとります」

また時間をおいて、やっとオーブンに入れることができた。待つあいだ漂いはじめる甘く香ばしい匂いに胸が高鳴る。ほかのみんなもわずかに頬を紅潮させている。

そしてマスターが取り出した天板には、ふっくらまんまるに焼き上がった、キツネ色に光るパンが並んでいた。

「うわー、かわいいー」

思わず変な鼻声が出た。

「きれいな色」

秋子も高い声をあげる。マスターとのの子さんの夢を詰め込んだようなパンは、祝福をうけ輝いていた。誰からともなく手を叩き、天板を取り囲んで全員で拍手をする。

少し冷めてから、マスターが一個ずつ手渡してくれた。

「美味しい、すっごく美味しい」

そんな薄っぺらい感想でわたしが口火を切ってしまい、つづいて秋子が、

「表面の、焼いた味噌の香りがいい」

と少しはわかっているような台詞を吐く。永井先輩はベテランらしく、

「パンの部分がふっくらしていて、表面がカリッとしているからバランスがいい」

としっかりプロの発言をして、山口先輩も同じように、

「味噌ルーが下のほうまでしみていて、パン全体が味噌ルーで包まれているみたい」

とさすがの感想をのべる。性格はどうあれパンへの造詣が深い浜本チーフは、

「確かに、味噌ルーが底までよくしみているのがいいです。甘くてちょっとしょっぱい味がなつかしいような感じもします。香りも食欲をそそります」

と職人としての的確な言葉選びだ。津山君は高倉健《たかくらけん》ばりの低音で、

「この味、好きです」

とコーヒーのコマーシャルかという表現をする。わたしももうひと言、なにか発言しなくてはと考えたが思いうかばず、

「ホントーに美味しいなー」

とまた薄っぺらな言葉でまとめてしまった。全員が笑顔だった。誰もが幸せになるような、なつか

しくて優しいみそパンの味だった。

あくる日から店のトレーにみそパンが並んだ。売れ方を見ながら、つくる個数を増やしていくそうだ。わたしも少し関わったパンなので、なにがなんでも売れてほしい。


十月七日だ。それぞれ昼間の仕事をすませてから、秋子のバースデーパーティーを行うことになっている。会場はほかのふたりと同様にコーポ服部二号室。

「いいんだけどさ。みそパンは美味しいから。でもケーキの代わりに、みそパンなの？」

主役の秋子はパーティーのメニューが不満のようだ。

「ケーキはね、ちはるがカステラと生クリーム買ってくるって。それで巨峰のフルーツケーキつくるんだって」

丸いお膳はちはるが粗大ゴミ置き場で拾ってきた。そこに皿を置き、わたしは秋子の親から送られてきた巨峰の皮を剝《む》いている。汁がひじのほうまで垂れてくる。

「巨峰って、そのまま食べるのがいちばん美味しいのに」

手伝ってくれるのかと思えば、秋子は自分で剝いた粒の上半分にかぶりつく。慣れた手つきで種を抜き、残りを口に放り込んで嚙《か》みながらしゃべる。

「遅いな、ちはる」

一滴の汁も落とさず巨峰を剝いて食べた。さすがはブドウ農園の娘だ。

「忠実屋まで行ったのかも。津山君は？　来るんでしょ？」

「うん。コロッケとビール、買ってくるって」

あんなに無口で秋子以外には心を開かなかった津山君なのに、うちの部屋で飲み会をするときには笑い声をあげることもある。

「津山君さ、最近、機嫌がいいと思わない？」

秋子がわたしの顔をうかがうようにして言う。

「のろけたいの？」

「そういう意味じゃなくてさ。ここに来るとよく笑うってこと」

「よかったじゃない」

「ちはると笑い合ってんだよ。ちはるって、津山君がいるとはりきっちゃってさ。しゃべりまくって、津山君を笑わせようとするじゃない」

「え、そう？」

「そうだよ。なんで理夏は気がつかないの？」

気づいていた。「満里奈の秘密」で結ばれたふたりなのだ。わたしだってびくびくしている。

「考え過ぎだよ、アッコ。津山君が居心地いいように、ちはるなりに気を使ってんだよ」

「そうかな」

津山君がここへ来るようになって、もう五回くらいうちの部屋で宴会をしている。

「じゃあ、ここに連れてこなきゃいいのに」

「そうだけど……津山君はちはるに、どんな顔するのかなと思って」

「ためしてるの？　津山君が浮気っぽくないか？　イヤな性格」

それは秋子が自分に自信が持てないからではないか。

「まあ、明日から毎日定期公演の稽古だから、飲み会してる暇もなくなるんだけどさ」

「そうだよ。ずっと津山君といられるじゃない。いいな、アッコ」

下北沢の劇場ザ・スズナリで行う定期公演は一ヶ月後にせまった。秋子と津山君は午前中だけアンゼリカで働いて、稽古に向かうらしい。

階段の下からいつもの大きな足音が聞こえてくる。ちはるだ。

「買ってきたぞー」

ちはるの後ろから、津山君も部屋に入ってきた。

「あれ？　いっしょだったの？」

秋子の声に険がある。いやな予感がする。

「おお、忠実屋行ってきた」

ちはるはお気楽そうな顔だ。

「なんで？　津山君はコロッケとビールだから、肉屋と酒屋でいいはずだよ」

よせばいいのに秋子は津山君を問い詰めてしまう。

「ねえ、なんで？」

「え、あの」

津山君は目を泳がせる。

「津山は忠実屋に用事があったんだよな？」

そう言うちはるが買い物につき合わせたのだろう。

「忠実屋になんの用事？」

秋子の口調がきつい。

「え、ちょっと」

「アッコに内緒の用事だよな?」

「は、はい」

まずい。秋子の顔がみるみる怖くなる。あいだにはさまれたわたしはどうしたらいい。

「あ、そうだ。アンゼリカで余ってたロウソクもらってきたんだ、これ使えるかな」

とにかく、ちはると津山君が会話を交わさないようにしなくては。

「えっと、カステラを小さく切って丸く並べて生クリームですき間を埋めるんだよね。あ、生クリーム泡立てるの、津山君にやってもらおうかな。アンゼリカでやったことあるよね。じゃあ、アッコ、ブドウ農園の娘だから、巨峰の皮を剝いて半分にカットして。ちはるはお膳に飲み物とか食器並べて……」

しゃべり過ぎて声がかれてきた。おまけにケーキは巨峰でドーム型に埋め尽くされ、ピグモンの頭の先みたいな仕上がりになってしまった。

「じゃあ、ほら、グラス持って。アッコの二十一歳の誕生日、おめでとうー」

乾杯の音頭までわたしがとった。こんなにがんばっているのに、ちはるが津山君に「おい、早く」と、なにやら目配せをはじめた。

「あの、これ、プレゼント」

「え、なに」

津山君がもじもじしながら、レジ袋を秋子に差し出した。にぎりつぶしたように丸めたものだ。

「なんで？」

秋子がレジ袋から取り出して広げたのは、黒いレースのキャミソールだ。

「なんでこれ？」

「いや、これがいいって聞いて……」

津山君がちはるの顔をちらりと見る。

「ちはるが買わせたの？　なんで？」

「おい、よろこべよ、アッコ。せっかくのプレゼントなんだから」

「ありがとう。でもプレゼントは誰も用意しないパーティーだからって言ったよね」

すごく怖い目で津山君をにらむ。

「うん、でもあげたかったから。菊屋でグラス買おうとしてたんだけど……」

「あたしが止めたんだよな。アッコ下着欲しがってたぞって」

ちはるはなぜそんなことをする。ふたりで女性用下着売り場に買い物に行くなんて、秋子が嫉妬するに決まっているではないか。

「んで、いっしょに忠実屋に行って、ふたりで選んだんだよなー？」

わざとか。ちはるはわざと秋子にいやがらせをしているのか。そんなにカップルを壊したくなる性分なのか。

「わたし、グラスのほうがよかった。これ、ちはるにあげる。ちはる、自分が欲しかったんでしょ」

秋子がキャミソールを丸めて、ちはるに投げつける。

「なんだよ」

「ちはるのほうが似合うよ。こういう男が好きそうな下着。これ着てまた、新しい男でも引っかけたら？　あ、津山君もこういう下着が似合う女が好きだったんだ。知らなかったなー」

ちはるもちはるなら、秋子も秋子だ。嫉妬の表現が遠回しで可愛げがない。

「わかったよ。じゃあ返してくるよ」

津山君がちはるの手からキャミソールを奪い取って、レジ袋に突っ込む。こうなると、わたしがなんとかするしかないではないか。

「あ、そうだ、じゃあこれ、わたしが預かっておく」

津山君からレジ袋を取り上げた。だいたい、プレゼントをレジ袋で渡すのもどうなのか。可愛らしく包装してリボンをつけて、ふたりっきりのときに渡せばこんなことにはならないものを。

「ほら、また、時間がたてばアッコも着たくなるかもしれないし。ほら、芝居の衣装で必要になるかもよ。あ、わたしも借りちゃおっかなー。デートのときとか。ははははー」

背中に冷や汗をかきながらそう言っているのに、ほかの三人は冷めた目でわたしを見る。しかし面倒くさくなったのか、ちはると津山君はビールを飲みはじめた。いじけた秋子は、その後もしばらく仏頂面《ぶっちょうづら》をしていたが、ビールに酔ったころご機嫌をとり戻した。

「ねえ、このケーキ、巨峰が多過ぎない？」

「でも、美味しいよ。いっぱい食べて、アッコ」

ピグモンの頭を四等分にして、皿を回しながら食べた。

すごく疲れるバースデーパーティーだった。秋子を見ていると、女は恋愛をすると面倒くさい性格になるようだ。いや、だけど、女であってもちはるは面倒くさくない。

ちはるはきっと恋人を取られる心配もせず、嫉妬もせず、自分の性欲に忠実に生きているのだろう。そっちのほうがわかりやすいではないか。

秋子の劇団が劇場ザ・スズナリで定期公演を行ったのは、十一月初めの、金、土、日の三日間だった。土、日はマチネ公演もあったので、公演回数は五回だ。

その一ヶ月ちょっと前に発売されたアンゼリカの新商品「みそパン」は、評判がよくリピーターもすぐにふえた。しかしカレーパンの人気とは比べられない売り上げだった。

秋子の劇団の定期公演初日に、ちはるがアンゼリカのパンを差し入れしたいと言い出して、せっかくなら新商品のみそパンを三十個、スタッフと出演者に届けるという話だった。

注文を聞いたのの子さんが、それならばうちからも差し入れをと、なんと五回の公演すべてに三十個ずつのみそパンを差し入れしてくれたのだ。

劇団側もアンゼリカの新商品を宣伝したいと、小分けにしてラップに包んだものを、受付でお客様全員にプレゼントした。これが大評判で、とても美味しいと喜ばれた。

ちはるは最初からそういう作戦だったのか、結局差し入れはアンゼリカにすべてまかせて自分の注文は取り下げてしまった。使ったお金はチケット代だけだ。

公演が終わってすぐに、テレビ局のプロデューサーからアンゼリカへ取材依頼がきた。なんでも劇場ザ・スズナリで配られたみそパンの味に感動したのだそうだ。

「ほらな、宣伝費かければ、誰かに見つけてもらえるんだ」と、宣伝費に一銭も出していないちはるが自分の手柄のように威張った。

テレビ局のひとたちは夕方六時から来る予定だ。閉店後、マスターのみそパンづくりを撮影してワイドショーで紹介するのだそうだ。

「放送日をちゃんと聞いてくださいね」

浜本チーフは新商品の人気が出るかどうかの勝負どきだと、はりきっている。

「ああ、そうだね」

マスターはいつもと変わらずひょうひょうとして、なおかつマイペースに道具のチェックをしている。家庭をもっている永井先輩と山口先輩は、

「放送日のつぎの日から、わーっと売れるからね」

「そうね。カレーパンのときもそうだった」

と言いながら、仕込みをすませるといつも通りに帰宅した。秋子がエプロンのポケットから手鏡を出して前髪を直す。

「私もいちおう、従業員として映るから」

津山君が休みの日は化粧の手を抜く秋子だが、今日は舞台用かと思うほどメイクが濃い。

「秋子のこと、知ってるの？　そのワイドショーのプロデューサーとかいうひと」

「そりゃあ、うちの劇団の公演を見にきたんだから、私の芝居だって見たよ」

いつの間にかテレビ局のひとたちが売り場に到着していた。六本木のディスコに毎日通っていそうな、茶髪の男性プロデューサーが場をしきっている。

秋子は「先日はどうも」などと、プロデューサーの視界に入ろうとがんばっていたが、まるで相手にされなかった。

工房に入ってすぐの作業台に向かって大きなマスターが立ち、秋子とわたしは奥で作業をしているふうをよそおってマスターの背後にいた。

「カメラのレンズがこっち向きだから、このあたりがマスターの肩ごしに映り込むかも」

秋子はカメラの向きを計算して、自分の立ち位置を考えているらしい。たくましい役者根性だ。テレビに映れば、知名度が上がる絶好のチャンスだ。

「それでは、撮影に入りまーす」

プロデューサーが声をあげると秋子は瞬時に女優の笑みをつくり、計算した立ち位置に入る。わたしも引きつりながら口角を上げて隣りに並んだ。

スタッフの「おねがいします」の声に、プロデューサーがボウリングの球を投げるみたいな合図をする。マスターがボウルのなかでホイッパーを回転させはじめた。

「これは味噌ルーといって、パンを焼く前に上からかけるものなのですが、こうしてなめらかになるまでよく練ります」

撮影は一時間ほどかかったが、秋子はずっと白い歯の笑顔をつくったままで、役者魂を見せつけた。

そして予定された日に、朝の人気ワイドショー内で放送された。

部屋にビデオがないわたしと秋子は、仕事中に抜けて二階のテレビで見させてもらった。

「劇団の代表に、テレビに出るかもしれませんって話しちゃった」

そう秋子は興奮気味だったが、見ているうちにだんだん無口になっていった。背後に映り込むはずの秋子の位置がわるかったらしく、わたしの顔ばかり映っていたからだ。

しかしその日の午後から、みそパンの人気は急上昇した。それは想像をはるかに超えた売れ方だった。工房内は早回しの映像を見るかのように慌ただしくなり、みんなが生き生きと働いた。

十一月がもうすぐ終わる。コーポ服部二号室に、今夜は女三人だけだ。いっしょに豚キムチトーストの夕食を食べたあと、テレビを見ながらごろごろした。

「津山君が十二月いっぱいでアンゼリカをやめるって」

秋子からとつぜんの報告だ。

「え、そうなの？　じゃあ、あと一ヶ月？」

「そういうことだね」

「バイト先変わっても、役者はやめないんだべ？」

「うん。役者はあんまり長く同じバイトしないほうがいいって先輩に言われたんだって。バイト先に頼りにされるようになったら、すぐにやめられないから」

秋子も役者だから、いつかバイト先を変えるのだろうか。わたしがアンゼリカで働きはじめてもうすぐ一年だから、秋子は二年以上になる。

「そうだよな。津山はオーディションに受かったら、すぐそっちで忙しくなるからな」

ちはるがわかったような口をきく。

「なんで知ってるの、ちはる。津山君にオーディション受けるって聞いたの？」

秋子の敏感な反応だ。またいやな予感がする。

「おお、いつだったかな。受けるって話してたな。戦隊モノだろ？」

「仮面《かめん》ライダーだよ。津山君、私より先にちはるに話したんだ」

またはじまったか。ちはると秋子のあいだに不穏な空気が流れている。

「おお、そうかな」

「ちはるって、津山君のことはなんでも知ってるよね。私より津山君に詳しいかも」

かなりトゲのある秋子の口調だ。

「お？　そうか？　へへ」

「津山君もちはるのこと、けっこう好きみたい」

「またまたー」

だから、なぜちはるはそこでうれしそうにニタニタ笑う。秋子が皮肉を言っているのに気づかないのか。またわたしが仲裁に入るのか。

「あ、ほら、アッコだって、オーディション受けるんだよね」

気をそらすためにそう言った。

「もう受けた。だめだった」

「え、知らなかった。ごめん……」

そしてさらに機嫌を損ねた。秋子はわたしたちに話さずにオーディションを受けに行ったのか。

「そうなのか？　アッコなんのオーディション受けたんだ？」

「映画のヒロインだけど、かすりもしない」

それで秋子はこのところ機嫌がわるかったのか。ちはるが口を開こうとしている。また言い合いにならないといいが。

「アッコ、おまえは大器晩成タイプだ。年をとってから、いい役者になれる」

芝居について素人であるちはるの偉そうな言葉だ。

「ちはるの、そういう根拠もなく知ったようなこと言う癖、直したほうがいいよ」

「もっと自信持ってどんと構えてろよ。よかったぞ。定期公演の森の精。全身緑色で樹《き》になりきってた。もう、本物の樹にしか見えなかった。主役を引き立てる演技が、すごくよかったぞ」

「うるさい、もうしゃべるな」

顔を赤くして秋子は立ち上がり、バンと戸を閉めて出て行ってしまった。一号室の戸も音をたてて閉まる。残されたちはるが「ふふ」と笑う。

「もう、ちはる！」

「あ？」

「どうしてそんなに無神経なの？」

あぐらをかいていたちはるが、寝ころがって片ひじをつく。

「あいつさ、去年も定期公演のあと、おかしくなったんだ」

「おかしく？」

「定期公演で自分の運命が変わるって勘違いしてるんだ。才能を認めてくれるひとが現れて、人生が百八十度変わるって思い込んで」

「あ……」

そうかもしれない。定期公演のあとの秋子は、毎晩のように着飾って下北沢の盛り場に出かけ、浮かれているようだった。

「でも、そんなわけないだろ。そんな、おとぎ話みたいなことが起こるわけないんだ。もっとちがう目で、なんていうか、視野を広くして、演劇の世界だけじゃない、感動できるものを見ておけばいいのによ」

「定期公演一色になってたもんね」

「夢見るのはいいんだけど、そのあと現実を知ってつらくなるんだろ。いらついたり、落ち込んだりしてさ」

秋子は浮かれた時期が過ぎると、こんどは逆に気が抜けたようにぼーっとする時間がふえた。このところあまり笑っていない。

「そういえば、ワイドショーのプロデューサーに無視されて、テレビにも映らなかったもんね」

あんなに濃い化粧をした秋子はほとんど映らず、わたしのほうがなんども画面に映った。放送のあとお客さんから声をかけられ、わたしも少し浮かれてしまった。

「でもちはる、これ以上アッコを傷つけるようなこと言わないでよ」

「いいんだよ。あたししかそんなこと言わないんだからよ。シンデレラみたいに、いつか王子様が迎えに来てくれるって待ってるのは、あいつには向かない。早く目を覚まして森の精になりきる演技を磨くべきだ」

定期公演の演目は『真夏の夜の夢』とかで、森の精がたくさん出てくる話だった。秋子は樹の精の役で顔を緑色にぬり、緑色の全身タイツを着て踊っていた。

「森の精の演技？」

「だから、あいつはわき役タイプなんだ」

ちはるは定期公演中の三日間、五回すべての回を見に行ったからそう思ったのだろう。わたしはお金がないから二回しか行っていない。

「じゃあ、津山君は？」

「津山は主役タイプだな」

「津山君はオーディションに受かって、仮面ライダーになる？」

「ありえるな」

「アッコだって、いつかオーディションに受かるよ」

「いつかな。でもずっと先だ。津山が先に売れたら、あのふたりの関係は終わりだ」

「え、そんなもろい関係？」

「そりゃあ、そうだ。アッコがそんな屈辱に耐えられるか？　今は津山が売れない役者だから愛せるんだ」

「そうかな……」

役者と、いやその前に、男性と恋人同士になった経験がないわたしにはよく理解できない。

お互いに夢を追っていて、どちらかが先に夢をかなえてしまったら……女友達であれば悔しいと思うだろう。会うのがつらくなるかもしれない。

「あとでアッコにあやまっとくよ。それでいいんだろ？」

「うん。そうして」

それがたとえば恋人で、彼が先に夢をかなえたら……わたしはうれしいと思えるはずだ。そうなってみないとわからないけれど。自分の夢も彼に託してしまうかもしれない。

「アッコの部屋行って、風呂に誘ってみるか」

「うん。そうだね」

ひとつの例として、彼がうなぎ屋を開店することになり、いっしょに店を手伝ってくれないかと言われたら、わたしは喜んでうなぎ屋の女将《おかみ》になる。愛するひとと夢を重ねて、もっともっと大きな夢にしたいと思うだろう。店の暖簾には「うなぎ野田」。

「理夏、おまえなんで赤くなってんだ？」

「え、なんで？　ち、ちがうよ。ちがうちがう」

「なんか想像してたな」

「してないよ、そんなこと」

「おまえ、気持ちわりいな」


師走だ。夕方の南口商店街は人が多い。大きな買い物袋を提げた地元のひとたちと、芝居小屋やライブハウスに向かうひとたち。コンパで集まった大学生もいる。

うなぎ野田川も忙しそうで、勝手口が開け放たれている。近寄ると調理場から下駄の音がいくつも重なって聞こえる。どの音が野田君だろう。

しばらく公衆電話と自販機のあいだに立っていた。たぶんこの時間、先輩たちが賄いを食べに二階に上がり、野田君が自販機に飲み物を買いにくる。

「よう、理夏ちゃん。今帰り？」

やっぱり買いにきた。

「うん。暮れは忙しそうだね」

「そうだな。飲食業はみんな忙しいよ」

「アンゼリカのパンね、最近いつも完売でお裾分けができないんだ」

「うわー、残念だなー。あんまり人気にならないでくれよー」

そう言って笑いながら、野田君は自販機でコカ・コーラを買う。

「ねえ、いつも思うんだけど、野田君は二階に賄い食べに行かないの？」

「行かない。先輩がおまえには食わせないって」

「え、うそ。なにかわるいことしたの？」

「うそだよー。オレも行ったら一階に誰もいなくなるだろ？　オレは番をしながら調理場で立ったまかっ込むんだ。だからあっという間に食っちゃって、あとは暇になるから出てくる」

「なんだ。そうか」

野田君はそう言っても、本当はわたしが帰るこの時間に合わせて、飲み物を買いに出てくるのかもしれない。心のなかではそうじゃないかと思っている。

「理夏ちゃん、ジュースおごってやろうか」

「うん」

仕事着のズボンのポケットから小銭を出して、わたしにファンタオレンジを買ってくれた。

「ありがとう」と受け取ってすぐにプルトップを開けて飲んだ。

「野田君、お正月はどうするの？　高崎に帰るの？」

わたしは北海道の実家に帰らず、大晦日《おおみそか》の予定もない。元旦と二日は仕事も休みなので、もしも野田君が誘ってくれるのならいっしょに高崎まで行けるかもしれない。

「大晦日だけ帰ろうかな」

「お母さん、待ってるもんね。帰ったほうがいいよ」

野田君のお母さんがどんな女性なのか想像しているうちにたどり着いたのが赤木春恵《あかぎはるえ》だ。最初はちょっと怖いけれど、ふところに飛び込めば受け止めてくれそうなタイプ。

「母ちゃん、大晦日も正月も神社でだるま売ってる」

「そうか。大変だ」

お母さんが仕事で忙しいのならば、わたしが家事を手伝ってもいい。

「母ちゃんには会わなくてもいいんだけど、大晦日は彼女と約束してるからさ」

「へー、どんな約束？」

「着物着て、初詣に行く約束。毎年つき合わされる」

「毎年って、いつから？」

「高一から」

「そんなときから。じゃあ、もう五年も？」

「そっか、五年もたつか」

「ながいね、けっこう」

そう言ってからファンタオレンジをごくりと飲み込み、「ながいながい」とつぶやき、またひと口飲んで「ながいね、ながいながい」とくりかえした。

自分でも、なにを言っているのかと思いながら「ながいながい」とつぶやいた。でも表情はなにひとつ変わっていないはずだ。驚いた顔など見られたくない。

心臓のあたりに穴が開いて、そこからわたしの生気がぴゅうっと漏れ、全身の皮膚を残して中身がちぢんだような気がした。でもそんなことも野田君に悟られたくはない。

「野田君、どんな匂いが好き？」

どんな彼女か訊きたいけれど、直接は言いたくない。

「え？　なにいきなり。匂い？　香水とかか？」

「うん。香水とか。女の人がつける」

「彼女はあんまりつけないから、わかんないな。あ、なんか石けんの香りのコロンみたいなのつけてたかな」

「あー、かわいい。かわいいかわいい」

またファンタオレンジをひと口飲んで「かわいいね。かわいいかわいい」とくりかえした。空き缶をゴミ箱に捨てると、いつも通り「お仕事がんばって」と手をふって別れた。

帰ろうとしているのに、足が勝手にアパートと反対方向へ向かっている。下北沢の駅を越え、踏切をわたって一番街《いちばんがい》を通り抜け、鎌倉通りに出たので左に曲がり、また線路を越えて坂を下った。

この先の坂の途中にちはるが勤めている洋服のお直し店がある。もう帰ってしまっただろうか。前方にちはるが、帰り支度で店の戸を閉めているのが見えた。

「ちはるー」

大声で呼んで駆けていった。

「おお、なんだ理夏。おまえ、どっちから来たんだ？」

息を整えようとした拍子に、大きなゲップが出た。ファンタオレンジのだ。

「なんだおまえ、だいじょうぶか？」

歩きながらちはるに話を聞いてもらった。話すほどにからだの中身がちぢんでいく気がする。

「その彼女って、なんかヘンじゃないか？　高一からつき合うって早熟なのに、石けんの香りのコロンだぞ。なんかぶりっ子じゃねえ？　着物着て初詣ってのもな、男が喜びそうなことだし。古風に見せかけて実はしたたかで、男の手綱はがっちりつかんで逃がさないタイプだな」

「そんなこと、会ってもいないから、わからないけどさ」

「だいじょうぶだ、理夏。今はおまえのほうが、うなぎ屋と近いんだ。田舎に置いてきた恋人なんか木綿のハンカチーフでいつか別れるさ」

「でも高崎だから、遠いようでわりと近い」

「気にしないでがんばれよ」

「そんなわけにはいかないよ。わたしはそういうの、すっごく気になるから」

野田君の彼女のことを話せば話すほど、わたしのからだから生気が抜けてしまい、今鏡を見たらしわしわのおばあさんになっているかもしれない。

ちはるとコーポ服部に帰ってから、わたしはおひるね布団に倒れ込んだ。そのまま眠ってしまったようで、目が覚めると毛布がかけられていて、窓の外は朝だ。

お膳の上に、ちはると秋子がつくってくれたのかハンバーグが二個のった皿が置いてある。メモがそえてあり、「恋人よ、ぼくは旅立つ。ハンバーグ食ってがんばれ」と書いてあった。

大晦日。アンゼリカで仕事納めをして、コーポ服部に帰ったのは夕方だった。いるとは思っていたが、ちはるは満足げな顔でおひるね布団に寝ころがっていた。

「見ろ、つくってやった」

テレビの上にティッシュを敷いて、そこに四角い餅が重なり、ミカンが一個のっている。

「いちおう、正月だからさ」

餅はわたしの実家から届いた切り餅で、ミカンはちはるの職場で大量にもらった、というか、勝手に持ち帰ったなかのひとつだ。

「ちはる、それ三が日のうちに食べちゃうでしょ?」

「まあ、縁起もんだからさ」

「三が日に鏡餅食べちゃうほうが縁起わるくない?」

秋子は昨日から津山君と温泉旅行だ。大きなボストンバッグを持ってうれしそうに出かけて行った。ちはるが「『レコード大賞』を見るから先に風呂に行くべ」と言うので、すきっ腹で銭湯に行き、そのあと乾麺とめんつゆで年越しそばをつくった。

「とろろ入れる?」

「おう。なんだ、とろろって、とろろ昆布かよ」

「入れないの?」

「入れるよ」

実家に電話をすると、母は決まってなにか送るものは? と訊くので、このときとばかりに「日持ちするもの」をリクエストする。ダンボール箱には乾麺や缶詰、とろろ昆布やふりかけ、父には内緒での手紙を添えて小銭も入っている。

赤いカードの返済はようやく終わった。アンゼリカのお給料で部屋代、銭湯代、食費は賄えるものの、使いもしないファックス機の代金を早智子の口座に振り込むという月々の負担がつらい。振り込みが少しでも遅れると大家のところに呼び出し電話がかかってくる。早智子本人ではなく怖い感じの男性の声だ。

早智子は北海道の実家に帰り、家事手伝いをしていると母から聞いた。たぶん高額な借金を親に肩代わりしてもらったのだろう。いつか友達に戻れるのだろうか。

「ちはる、テレビの音、大きくない？」

「大晦日はいいんだよ」

「なんで？」

「みんな田舎に帰るだろ？　残ってるやつらは同じ番組、見てるんだ」

ちはるがなぜレコード大賞にこだわっていたのかがわかった。大賞の候補にマッチが挙がっている。日本酒の一升瓶を抱えながら、ちはるは大声で『愚《おろ》か者《もの》』を歌う。

マッチは白いタキシード姿で、床屋に行ったばかりのようなもみあげの横顔を強ばらせている。そのあと歌った中森明菜《なかもりあきな》も、いつもより緊張した表情だ。

「尾村さんも、実家に帰ったみたい」

「おお」

「どこだろ。実家」

「ああ」

「柿を三個くれたじゃない。あれ実家からかな」

「おお」

「実家、知らない？」

「おお、そうだな」

日本酒で目を赤くしたちはるはテレビに夢中で、わたしの話など聞いていない。

先月、隣室の尾村さんが初めてうちの部屋をノックして、「これ食べきれないから」と手のひらにのせた三個の柿を差し出した。「え、いいの？」と奪い取るようにして受け取った。柿をもらうのがうれしいわけではなく、尾村さんが友達づき合いをしてくれたのがうれしかった。隣りの部屋にずっといてくれる気配だけでも安心感につながるものだ。

今ごろ暖かい実家の居間で家族と笑い合っているのだろうか。

「あ、オムライスな、千葉だぞ」

ＣＭになると急に返事をする。

「千葉か。じゃあわりと近いね」

ちはるがいなければ、わたしはこのアパートにひとりになるところだった。

一年前、ここに引っ越してすぐの大晦日も、金欠で実家には帰らなかった。それを知ってちはるが泊まりにきてくれた。

去年も乾麺の年越しそばを食べて、帰省した秋子の部屋で『紅白歌合戦』を見た。終わってからちはるに連れられて北澤《きたざわ》八幡宮に初詣に行き、これが東京の初詣かと驚いた。夜中だというのに鳥居のずっと手前から参拝客の長い行列ができていた。

本殿まで一時間以上かかっただろうか。そのあいだ、ちはるの話で笑いつづけていたような気がする。紅白歌合戦で司会の加山雄三《かやまゆうぞう》が、少年隊《しょうねんたい》の『仮面舞踏会《かめんぶとうかい》』の紹介を間違えた話だ。

「かなりはりきった声でさ、仮面ライダーって、NHKホールにひびきわたってるのに、少年隊はえらいね、笑わないで最後までちゃんと歌ったもんな。あたし、笑いが止まんなくて新沼謙治《にいぬまけんじ》あたりまで笑いまくってたぞ」

今年の紅白でも笑えるハプニングが起こるといい。わたしは今、とにかく笑っていたい気分だ。野田君のことがあってから、気を抜くとため息をついている自分に気づく。

「ねえ、ちはる。あとで初詣に行くよね」

「行くに決まってんだろ。初詣だぞ」

初詣という言葉にはすぐに反応した。

「今年も『紅白歌合戦』で、なんか面白いこと起きないかな」

「いや、その前に『レコード大賞』だ。今年はすごい戦いだぞ」

「そうなんだ」

五木《いつき》ひろしと瀬川瑛子《せがわえいこ》は、堂々とした歌いっぷりだ。大賞の候補はこのふたりとマッチと明菜の四人らしい。

丸いお膳でミカンをひとつ食べ終えると、またため息が出た。野田君と着物姿の彼女が、地元の神社を歩いているのが頭に浮かんだ。

「うなぎ屋は帰ったのか？」

「うん。今夜の最終で帰るって言ってた」

「理夏、あいつはつき合わなくてよかったぞ。いい男じゃない」

「もういいよ。ちはるは野田君のこと知らないんだから」

「しょっちゅう会ってんのに、手、出してこないなんて、男じゃねえ」

「だから、彼女がいたから」

「いいや、そんなの関係ねえ。理夏の恋心に気づいてて、のらりくらりと引き延ばしていい思いだけ味わってるなんて、女を傷つけるいちばんダメな男だ。さっさと手を出して捨てる男のほうがまだ傷つかねえ。女のほうだってすぐきらいになれるんだから」

「あのひとは性格が優しいんだよ」

「いや、逆だぞ理夏。それは理夏のことを想ってない」

「もういいよ」

ちはるにそう言われると、野田君に「好きになった」と伝えて、はっきりとふられていたら、もっとすっきりしたかもしれないと思えてきた。目の奥が痛くなって泣きそうだ。

「おい、やったぞ。やった」

「え、大賞?」

マッチがレコード大賞を取った。

酔ったちはるは「おいおいおい」とわめきながらテレビに抱きつき、まさにおいおい泣いた。その姿も面白くて、わたしも泣きながら笑った。

アンゼリカの仕事始めは正月三日からだ。賄いはお雑煮と野菜のかき揚げだった。仕込みが早く終わり、旅行疲れの秋子と別れ、一番街を歩いて初売りの洋服店を覗いた。

歩きながらふと、なつかしい香りがした。これは専門学校の教室でよく嗅いだ、アニエスベーのトワレの香りだ。レディース物の小さな洋服店の前だ。

販売員が売り物の整理をしている。なにげなく入ってみた。

「どうぞごらんくださーい」

その声もなつかしいような気がする。ショートボブの販売員と目が合い、どきりとした。専門学校の同級生、広川《ひろかわ》さんではないか。ファッションリーダー的存在で、長い脚で教室内をまるでモデルのウオーキングのように闊歩していた。わたしの心のなかでは天敵だった。

「あれ？　あなた、ほら、そうだよね」

彼女から声をかけてきた。幽霊のような同級生の名前をおぼえていないのは当然だが、顔はおぼえてくれていたらしい。

「そう。円崎」

「エンザキだ。実家に帰ったんだよね。だいじょうぶ？　ご両親亡くなったって？」

やはり、わたしのついたうそがひとり歩きして、「死にそう」が「死んだ」になっていたらしい。

「うん。だいじょうぶ」

言いわけするのも面倒になり、死んだままにした。

「学校は……冬休みだよね。バイト？」

優秀だった彼女がここにいるのがふしぎで、そう訊いた。

「あ、やめたの」

「え」

「二年の夏休み明けから学校に行けなくなって、やめちゃった」

「そうなの？」

なにか事情がありそうで、とまどっていると、彼女のほうから話しはじめた。

「夏休みに社会人経験したのね」

「あ、そういえば」

クラスで断トツに成績が良く、姿もモデルなみに美しい彼女は、一年生のうちからある有名デザイナーに目をつけられて、アシスタントとして就職が内定していた。卒業までまだ二年もあるというのに、夏休みの一ヶ月間体験入社をしたのだ。それはクラス内で話題になっていた。二年の夏休みも行ったのか。

「そのとき心を病んじゃって、もうミシンとか針とか、見るだけでお腹が痛くなって、ずっとトイレに逃げ込む生活で、結局学校も行けなくなったんだ」

「え、知らなかった。そうだったの」

「そもそも、向いてなかったんだ」

「だって、すごい才能があったのに」

「洋服のデザインは好きだったけど、業界のなかで働く才能はまるでなし」

流れるようなしぐさで棚のシャツを広げ、それをきれいにたたみ直す。

「あの業界で生き残れるのはね、評価されることにも、否定されることにも、鈍感なひと。それで、相手に合わせて自分のポリシーもすぐに変えられるようなひと。それがわかっちゃったんだよね。社会人になる前に」

なにがあったのか詳しい話を聞こうとしたが、入り口から女性が入ってきた。

「いらっしゃいませー。あ、エンザキ、ゆっくり見てって」

深い話ができるような関係でもないので、目で会釈だけして店を出た。

ほかの洋服店を覗きながら買い物はせず、アパートに帰る道は自然に野田川の前を選んでいた。いつものように勝手口を開け放って、戸のそばに野田君がいた。

「おう、今年もよろしく」

「うん。よろしく。お正月、彼女に会えた？」

「おお、会えた会えた」

「よかったね」

床に新聞紙を敷いてネギの皮を剝いているようすを、わたしは勝手口の戸にもたれて眺めた。

こんなにまじめな野田君の彼女は、ちはるが言っていたような、したたかな女ではないだろう。きっと控え目で従順で、地元で野田君の帰りを待っている可愛らしい女性。

そう考えているうちに、野田君に甘えたくなった。わたしは彼女じゃないのだから、野田君を支えたり尽くしたり、そんなことをしなくても、きらわれたってべつにいいのだ。

「今ね、一番街の洋服屋さんで専門学校の同級生に会ってびっくりした」

「ああ、デザイナー学校の？」

「うん。広川さんって言うんだけど、才能があって、美人で、ぜったい有名デザイナーになれそうなひとだったのに、精神的なものを病んじゃって退学したんだって。そんなこともあるんだって、ちょっとショックだった」

「なんで理夏ちゃんがショックなの？」

「だってわたし、あのひとの才能に打ちのめされて、やる気なくしちゃったんだもん」

わたしが徹夜をして縫ったスカートを提出したとき、広川さんは日課であるディスコ通いをして、一時間で縫ったという黒レース生地のミニスカートを提出した。凝ってもいないシンプルなデザインなのに、講師とクラスメイトに絶賛された。そのとき感じた劣等感は野田君にはわからないだろう。

「才能あるとかないとか理夏ちゃんはよく言うけど、そんなことよくわかるね。オレは、このひとうなぎ焼く才能あるーとか、あんまり思わないけど。自分だって十年やればあれくらいになれるんだって思うだけで、やる気なくすことなんかない」

「才能……あるとかないとか、わたし、よく言う？」

「え？　言うよ。オレ一万回は聞いてる」

「え……」

「うそ。三十回くらいかな？」

そう言われてみると、才能があるひとを羨む言葉と、才能がない自分を嘆く言葉を、たまに口にするかもしれない。

「理夏ちゃんは、才能あるって褒められるとうれしい？」

「そりゃあ、うれしい。東京では言われたことないけど」

「そんなの、社会で働いたらちっちゃいことなんじゃないの？　褒められたからって得意になってると、社会に出てから鼻っぱしらへし折られて、精神やられたりするんじゃないの？　オレにはよくわかんないけど」

皮を剝いたネギを奥の調理台に運んで、野田君は下駄をならして戻ってきた。短い柄のほうきでネギの土を片づけている。

つい忘れてしまうが、わたしは学校をやめたのだ。やめてしまえばもう服飾デザイナーになることもない。なりたくてもなれない。

なにを目指して、わたしはいま生きているのか。なにを目指して、これから生きるのか。デザイナーではない職業を目指すとしても、なにに向いているのか。機械の部品のひとつになるのはいや。毎日同じことのくりかえしもいや。誰にでもできるような仕事もいや。いやなことはすぐに思いつくのに、やりたいことは思いつかない。

考え込んでいると野田君と目が合った。野田君は顔を近づけてわたしの目を覗き込む。そしてわたしの頭に手をのせて言う。「ジュースおごってやろうか」と。

いつものように「うん」と言いそうになったが、野田君には彼女がいる。それはおかしいではないか。一瞬そう考えたのについ、

「うん、スプライトがいい」と答えている。わたしもおかしいではないか。

野田君はわたしの人生を支えてくれる大切なひとだと思う。悩んだとき、いろんなことに気づかせてくれる。よく当たる占い師みたいに背中を押してくれる。

恋人にはなれなくても、ずっとそばにいてほしい。

野田君には彼女がいると知っても、前よりもっと好きになっている。

一月に入って三回目の月曜休日。秋子はアンゼリカの仕事を終えてからエステに行った。わたしは

ひとり丸いお膳に向かって正座し、これから手芸の時間だ。

今日の昼間は新宿の南口から歩いて、なつかしい場所に行った。なつかしいと言っても、ほんの一年と数ヶ月ぶりだ。通っていた服飾デザインの専門学校を訪れた。購買部に行き布地やボタンを見てまわり、手芸用品のコーナーで小さな刺繍のキットを買った。文庫本ほどの大きさのポーチで、リス柄のものだ。

どかどかと階段を上がってくる音が聞こえる。

「理夏、風呂に行くべ」

現れたちはるが、戸を開けるなりそう言う。

「わたし、今日、仕事休みだったから、銭湯いいや」

「そっか？　じゃあひとりで行ってくるな」

「うん」

「刺繍するのか？」

「うん」

「風呂道具、借りるな」

「うん。アッコはエステ行った」

「おお、知ってる」

気持ちに余裕ができたのか、それとも一番街の洋服店で広川さんに会ったからか、あれほど避けていた学校が恋しくなってしまった。

教室に行く勇気はないが、購買部であれば学生だけではなく一般のひとも出入りしている。それに、学校案内のパンフレットをもらう用事もあった。

「このスエットも借りるな」

「うん。いってらっしゃい」

グレーのスエット上下は、確かちはるが買ってきたものだが、ずっとこっちに置きっぱなしで、誰のものかわからなくなっている。

刺繍糸を三本とって針に通した。ひさしぶりに針と糸を持つわりには玉結びをするゆび先の感覚は忘れていない。木の枠に張った布に裏から針を刺した。わくわくする。

階段の下から、出て行ったはずのちはるの声がする。

「おお、じゃあ、行くべ」

また階段を上がってきたちはるが「津山も銭湯に行くってさ」と、戸のすき間からそう言う。津山君が来たのか。秋子の部屋のお風呂道具を持ち出したようすで下りて行った。

アンゼリカをやめた津山君は日雇いで運送業のバイトをはじめ、労働時間がまちまちだとかで、ここへ来ることも少なくなった。近況は秋子から聞かされるだけだが、仮面ライダーのオーディションに最終選考まで残ったものの、出演者として選ばれなかったらしい。

小さな刺繍だったので一時間で完成した。残った糸を使い図案にはない葉っぱの刺繍もちりばめて、ちょうど糸がなくなったころ、ちはると津山君がビールとコロッケを買って戻ってきた。

ひさしぶりに津山君もまじえての飲み会だった。エステから帰ってきた秋子はひとり遅れて参加している。

「だいじょうぶだって、津山はいつかオーディションに受かる」

酔っぱらったちはるは、役者としての津山君の才能をしきりに褒める。無口な津山君はそれに返事をするわけでもないが、まんざらでもないようすで口元をゆるめる。

秋子がその横顔をじっと見つめていた。

「もしかして、津山君、銭湯に行った？」

さすがにそれには気づくだろう。髪が洗い立てだ。

「あ、行った」

「なんで？　私いないのに？」

「え、いや、それは」

秋子がきつい言葉を投げかけ、津山君がおどおどする。いつもの女王と家来の構図だ。

「あたしが誘った。いっしょに行ったんだ。アッコはエステで風呂にも入ってくるからって、な？」

「あ、はい」

ちはると津山君が見つめ合ってしまった。

「混んでたか？　男湯」

「いや、五人くらい」

「そうか。おじいちゃんだろ。老人は早い時間に行くからな」

「そうだった」

「おじいちゃんたち、熱いのが好きだから、水で埋めると怒るだろ？」

「あ、そういえば怒られた」

ちはると津山君が勝手に会話をつづけ、それを秋子がにらみつける。この流れからいつも揉めごとが起こるが、わたしはもう面倒くさいので無視をする。

「ちはるの彼はどうしてる？」

ふいに秋子が話を変えようとする。

「彼って、誰だ？」

「このあいだ、デートしたよね」

「ああ、あいつはもう別れた」

「じゃあ、銀歯のパンチパーマは？」

「ああ、あいつとももう別れた」

「あ、そう。じゃあ、ちはるは新しいお金持ちのひと、見つけないとね」

「べつに金持ちじゃなくていいぞ」

「じゃあ、こんどは夢を追ってるひと？　役者とか」

「そうだな。役者さんなんかいいな」

「とっかえひっかえ、忙しいね。ちはるは」

秋子がしきりに皮肉を言う。ちはるはわかっていて、はぐらかしているらしい。

そのあとも秋子の皮肉とちはるのはぐらかしと、津山君のおろおろがしばらくつづいていたが、わたしはビールに酔って寝たふりをした。つき合いきれない。

津山君が先に帰り、一時間後にちはるも自分のアパートに帰っていった。いったん一号室に入った秋子がまた戻ってきて、わたしに話があると言う。

「理夏、頼むから協力して」

「なにを？」

「ちはる、あぶないから」

「なんで？」

「今、男がいなくて寂しいでしょ？　津山君、狙ってると思う」

「ちはるが？　そんなわけないよ」

「狙ってるの、見え見えじゃない」

「それは、ちはるがアッコのことからかってるんだよ」

「理夏は知らないからそんなこと言うの。ちはるは恐ろしいんだよ。お姉さんの旦那さん盗《と》ったんだよ。男がいないと生きていけない体質なんだから、なにするかわかんないよ」

目を血走らせて秋子は言う。鼻の穴もいつもより大きい。

「それで、わたしはなにを協力するの？」

「今日みたいに、ふたりで銭湯に行かせたりしないで」

「今日はたまたま、ばったり会ったから」

「とにかく、ふたりきりになりそうだったら、阻止して」

「阻止するの？　難しいな」

「頼んだよ、理夏」

「わかった……」

化粧を落とし眉毛が細くなった秋子の顔は、クリームでてかてかに光っている。「おやすみ」と頬をひと光りさせて戸を閉めた。

ちはるよりも秋子のほうが、男がいないと生きていけないタイプだと思う。

面倒なことは早くすませたほうがいい。秋子からの「阻止」の依頼は、つぎの日実行することにした。

「ちはる。コーポ服部二号室の夕方だ。わたしは学級委員長です」

「は？　なんだいきなり」

秋子に頼まれたとは話さずに、クギを刺すことにした。

「ちはるはさ、アッコが津山君好きなこと、知ってるよね」

「はあ？」

「知ってるのに、なんで津山君と仲良くするの？　アッコがかわいそうだと思わないの？」

「はは、おまえは小学生か」

「ちはるも、ひとの恋人とか夫とかを盗るのは、小学生のときから成長してないってことだからね」

「理夏、あたしは成長してるぞ。性欲ってもんは、理性とは逆の方向に作用する。それは学んだ」

「それじゃあ、動物と同じ。小学生より退化してる」

「いいや。人間の性欲は野生動物と本質は同じだ。平和で安心しているときにはわかないのに、危機を感じたときにわいてくる。理夏だってそうだろ。うなぎ屋に彼女がいるってわかったら、前より好きになっただろ？　理夏もうなぎ屋に、彼氏がいるって言ってみろ。そしたら、手、出してくるから」

「それは……そうかもしれないけど。たぶんちがう」

「やってみたらわかる。うなぎ屋とやってしまえ」

「……ちはる。わたしには、罪悪感がある。そんなことしたら、あとで罪悪感に苦しむってわかるもん」

「罪の意識なんか忘れてしまうほどつよいんだ。性欲ってものは」

「でも忘れないでちはる。罪悪感はあとからやってくる」

「ふん」

「ふんじゃない。ちはる、ホントに忘れないで。アッコが泣くってこと」

「わかったよ。じゃあ、風呂行くべ」

「うん……」

わたしはちはるにクギを刺すはずが、逆になにか刺された。ちはるの言うことのほうが真実のような気がしてじわじわと胸に突き刺さってくる。

それからしばらく野田君のことばかり考えていた。野田君に対してわたしは性欲を感じていたのか。そして野田君は、わたしに対してまったく性欲を感じなかったのか。

野田君の、皮膚の薄そうな耳やうなじを見ると、無性に触れたくなった。唇をあててみたくなった。しっかりした背中を見ると胸を押しあててみたくなった。たぶん性欲だと思う。

野田君はなんどかわたしの頭に手をのせて目を覗き込んだ。手の甲のやけどを見つけてゆびでなでた。そんなことは性欲ではないのだろう。でも少しはあったかもしれない。

一週間ぶりに野田川に寄った。これまで休日以外ほぼ毎日野田君に会っていたから、こんなことは初めてだ。野田君は勝手口の前に椅子を出し、ぼーっと座っていた。

「あれ、理夏ちゃん。今帰り？　最近会わないね」

わたしを見つけて跳ねるように背筋を伸ばして笑った。

「うん。今帰り」

一週間会えなくて寂しかったのかとも思うが、たぶんちがうだろう。ちがうことにする。

野田君に「ジュースおごってやろうか」と言われる前に、わたしのほうから自販機をゆび指して
「なにか買う？」と訊いた。いいと言うので自分のぶんだけ缶コーヒーを買った。

プルトップを開けてゆっくりひと口飲んだ。今日は大人の女を演じるのでコーヒーにしたが、ひどくまずい。野田君は疲れたオジさんみたいに椅子に座り、わたしは横に立っている。

「野田君、うなぎ、捌くの上手くなった？」

「なったなった。オレけっこう上手いぞ」

気弱な少年がつよがっているような言い方だ。

「うなぎ、焼くのもおぼえたら、独立して自分の店持つんだね」

「そうだな。持てるといいな」

「そのときは、彼女とやるの？」

「え？　そうだな。わかんないけど、そうなるのかな。あいつはやりたいって言ってる」

あいつだなんて、彼女のことをそんなふうに呼ぶのか。

「好きなんだ。大事にしてるんだ」

「まあな」

まずい缶コーヒーを飲み干して、空き缶入れに差し込んだ。

「野田君、わたしね、野田君の彼女がすごく従順な女性なのかなって考えているうちに、わたしはデザイナーの夢、ぜったいにかなえてやろうって気持ちになった」

「オレの彼女？　なんで？」

「負けたくないっていうか、見返してやろうっていうか、夢追う男を支えるだけの生き方なんかぜったいにしたくないって思った」

言いたいことはいろいろあるが、感情的にならないようによく考えた。

「わたし、野田君の恋人になりたかった。いっしょにうなぎ屋さんやってもいいって思ってた。彼女がいるって知ったとき、平気な顔してたけど、胸が押しつぶされたみたいに苦しくて、信じられないくらい落ち込んだ。わたしが勝手に野田君に想われてるかもって、勘違いしただけなんだけど、もっと早く彼女がいるって教えてほしかった。こんなに好きになる前に。ちはるみたいに、彼女がいても、奥さんがいても関係ないってひともいるけど、わたしは罪悪感が怖い性格だから、すぱっとあきらめようと思うとつらくて、泣くことしかできなかった」

「……ごめん」

そのごめんは、わたしの気持ちがわかっていたということか。わかっていて、彼女がいることを話さなかったということか。

「あやまらないで。あやまらなくていい。勝手に好きになって、勝手にふられたってことにしておきたい。つらかったなんて口に出して、野田君に甘えてるだけだから。面倒くさい女だなってきらわれたほうがいい」

泣きそうになったがぐっとこらえた。

「それで、悔しいから見返してやろうってのもあるんだけど、野田君はわたしのこと助けてくれたから、それを糧《かて》にしてもういちど、デザイナーの夢を追うことで、野田君のことが忘れられると思った。罪悪感も持たなくてすむ」

「うん。よくわからないけど」

「わかってよ。野田君もわたしにこんなこと一方的に言われて、腹が立ったら、立派なうなぎ屋さんになって。彼女と幸せになって」

「うん……わかった」

「最後に訊いていい？」

「なに？」

「わたしに対して、少しも性欲わかなかった？」

「……うん」

「ありがとう。これで気がすんだ」

アパートに帰ってから、ちはると秋子との三人でまた騒いだ。わたしは、会ったこともない野田君の彼女のわるくちを言い、ほかのふたりがそれをふくらませる。

野田君の彼女がどんどん腹黒い性悪女になっていき、おまけにデブでブサイクな女になってしまい、なんだかかわいそうだなと思っているうちに気が晴れてさっぱりした。

一月の末に実家から古い振り袖が送られてきた。それは、郵便局前の電話ボックスで母から聞いていた。野田川横の公衆電話はあれから使っていない。

「お母さんが着たのだけどね、理夏の成人式に着せなさいって、ばあちゃんがくれたんだわ。帰ってこないんだったら、そっちに送るから。帯と襦袢もね。そっちの美容院で着せてもらって、写真館で写真だけ撮ってもらいなさい」

ダンボール箱のガムテープをはがしフタを開けると、防虫剤の匂いがプーンとたつ。写真代と書かれた封筒に三万円が入っていた。

「三万だ……」

この金額でなければあきらめていた。一万円しか入っていなければ、そんなことはしなかった。

たとう紙を包んである風呂敷の結び目をつかむと、ダンボール箱から勢いよく持ち上げ、その勢いのまま階段を下りると玄関を出た。

計画通り銭湯に向かった。でも行き先は銭湯ではない。銭湯の手前の質屋だ。

いつも前を通っているから知っているつもりだったが、いざ丸に質の字が白抜きされた紺暖簾の前に立つと足がすくんだ。入り口はこちらでいいのだろうか。

暖簾の左に勝手口のような口がもうひとつある。後ろめたい場合はあちらの口から入るのだろうか。いや初心者はまず正面から入るべきだろう。

それらのことを頭のなかで瞬時に考えたので、実際には目にも留まらぬ素早さで暖簾をくぐった。木製の引き戸を開けるとチリリンとベルがなる。がらんとした店だ。

足を踏み入れると、とたんに後ろめたさが募った。借りる人間が立つこちら側は冷たい土間で、貸す側は畳の小あがりになっている。境目に木のカウンターと鉄の格子柵がある。

借りる側が犯罪を起こしかねない人間で、貸す側は危険から身を守らなくてはならない人間ということを物語っているつくりだ。金品は柵の下のすき間からやりとりするらしい。

奥でひとの気配がした。

「なんでしょう」と畳にひざをついたのは、グレーのカーディガンにネクタイを締めた中年男性で、どこかで見覚えがあると思えば教科書で見た川端康成《かわばたやすなり》だ。

畳の上で振り袖と帯を広げて、すみからすみまで点検する。待つ緊張はおのれの鼻息が聞こえるほどで、心のなかで「ばあちゃんごめんなさい」を五百回くらい唱えていた。

「着物が三万円、帯が一万円、襦袢の金額はつきませんね。それでよろしければ」

川端康成がギョロリとした目でこちらを見る。

「流してもよろしいなら五万円で引き取ってもいいですが、出しにおいでならば、あんまり高くないほうがようござんしょ？　三ヶ月は置いておきます。もしまだ置いておきたいのであれば、五千円で三ヶ月延長いたします」

「はい、それで、よ、ようござんす」

七万円の軍資金ができた。わたしはこれで学生をやり直すつもりだ。通っていた専門学校に夜間コースがあったのを思い出し、購買部に行ったときに学校案内をもらってきた。

週に二回なのでアンゼリカで働きながら通える。入学金は手にした軍資金で払い、学費は分割で。ファックス機の返済が三月で終わる計算なので、バイト代でなんとか支払える。

一年通って卒業してからまた働いてお金を貯《た》め、質屋に着物を出しに行く。成人の記念写真は二十一歳、もしかしたら二十二歳になっているかもしれないが、あとから撮る。

十八歳で北海道を発ち、羽田《はねだ》からのモノレールで見た東京の空は、わたしを歓迎してはいないような薄曇りだった。それなのににぎったこぶしは熱い希望でいっぱいだった。あのときに戻ろうと思う。この一年でおぼえたことがある。パンづくりで大切な、発酵するまであせらずに待つということだ。

二月と三月は風のごとく過ぎて今は春だ。窓を半分開けると空気に混じって緑の匂いが流れてくる。アンゼリカの月曜休日、わたしは朝からデザイン画を描いていた。

水溶性の色鉛筆というのを買い、それで色づけしてから水を含ませた筆でなぞると水彩画のようになる。やわらかい布地の雰囲気が描けて楽しい。

四月から水曜日と土曜日に通っている専門学校の夜学は、ファッション工科といって洋服づくりの基礎からプロの技術までが学べる。

いちど挫折を味わった学校の敷地内ではあるが、校舎は別棟で夜の学生は年齢層も高く、少しずつ交流しながら通っている。

初めての授業のあとは大急ぎでちはると秋子が待つ部屋に帰り、あったことを報告した。夏目雅子《なつめまさこ》にそっくりな担任が、「趣味はマンウォッチングです」とあいさつしたことだ。

三人ともマンウォッチングを知らず、ちはるは「男あさりか?」と言い、秋子が「人間観察じゃない?」と言い、わたしは「双眼鏡で歩いてるひとの服を見ること?」と言った。

それから三回授業を受けたが、未だマンウォッチングの意味を質問できないでいる。

デザイン画はクロッキー帳の半冊分くらい描いた。時計を見ると午後五時前。部屋が冷えてきたので、色鉛筆を置いて窓を閉めた。階段を上がってくる声がする。

アンゼリカの仕事を終えた秋子が、津山君と落ち合って連れてきたらしい。津山君は二月のオーディションに合格し、秋からのテレビドラマに出演が決まった。

ふたりが廊下でなにやら揉めはじめた。

「四畳半しかないんだから、せまいのはあたりまえじゃない」

「だから、せまいなりに、もう少し片づけたらどうかなって」

どうやら簡易シャワーとベッドのせいで歩くスペースもない秋子の部屋に、津山君が我慢ならなくなったようだ。二号室に避難させてあげようと廊下に顔を出した。

「いいよ、理夏。勉強中でしょ？　津山君、銭湯にでも行きなよ。そのあいだに片づけるから」

もはや長年連れそった夫婦のように見える。ケンカにも慣れている関係がうらやましい。津山君は不機嫌な顔で銭湯に向かっても、帰りには缶ビールを四本買ってくるだろう。

今日もちはるは仕事帰りにこの部屋に寄って、津山君が来ているとわかると春日屋精肉店にコロッケを買いに行くはずだ。そして四人で騒ぎながら飲むことになるのだろう。

冷蔵庫のチェックをした。小型冷蔵庫はちはるが洋服お直し店のお客さんからもらってきてくれた。納豆と卵、チーズがある。納豆オムレツチーズトーストができそうだ。

秋子がゴソゴソと部屋の片づけをはじめたときに、ちはるがやってきた。

「理夏、おまえ今日、仕事休みか？」

戸を開けるなり、ちはるが訊く。今年に入ってからちはるは、単発のデートに三回行ったものの、本格的な恋愛関係にはいたらないまま、ほとんど毎日うちの部屋にいる。

「うん。絵、描いてた」

「じゃあ、風呂は行かない？」

「うん。汗かいてないから、いいや」

「じゃあ、あたし、行ってくるな。アッコは？」

「部屋の片づけ中。津山君とケンカになって」

「そっか。津山もいるのか」

「津山君、ひとりで銭湯行ったよ」

ちはるはわたしのお風呂道具と、もはや誰の私物かわからないグレーのスエット上下を持って、階段を下りて行った。


「ねえ、津山君、どこ行ったんだろう」

秋子が戸を開けて言う。

「あれ？　銭湯に行ったんじゃないの？」

「だって、二時間も入ってる？」

「え……」

時計を見ると七時を過ぎている。秋子と津山君が帰ってきたのが五時ごろだ。窓には日差しが映っていたが、今はスナックの看板の青色だ。

「どっか、寄ってるんじゃない？　ほら、アッコとケンカしてむしゃくしゃして」

「ちはるは？　ちはるは、なんで来ないの？」

「いや、ちはるは、一回来たけど……」

ちはるがお風呂道具を持って、銭湯に向かったのも五時過ぎだ。胸がとくんとした。

「何時ごろだったかな……あの、銭湯に行くって……」

「ひとりで？」

「うん。わたし、今日、休みだったから行かなかった……ごめん」

あやまるのはおかしいのに、ごめんと言った。わたしはなにか、過ちを犯したかもしれない。

「でも、銭湯で会ってないと思うよ。時間がずれてたし……」

おかしな言い逃れになってしまう。時間がずれていたのはほんの二分ぐらいだ。秋子は怒っているのか無言のままわたしを見る。

「心配ないよ、アッコ。いっしょだとしても、ちょっと話し込んでるだけだよ」

引きつったような笑みをうかべて、秋子は階段を下りて行く。わたしもそのあとにつづいた。すごくいやな予感がして本当は行きたくない。

「たぶん、ふたりで餃子の王将だよ。あ、三福林かも。広島のお好み焼きかな？」

わたしはおどけるようにしゃべりつづけた。近所の飲食店を何ヶ所もまわり、歩くごとに言葉が少なくなった。アパートへの道を曲がった所にあるカフェ・トロワ・シャンブルにも行った。

カフェ・トロワ・シャンブルは、三月にわたしの借金返済が終わった祝いに、ちはると秋子とわたしの三人で初めて入った店だ。そこにもいない。

アパートに近い焼鳥さかえにも行った。やはりいなかった。秋子とわたしは無言のまま少し離れて歩き、コーポ服部に戻った。

「理夏」

階段を上がった廊下で、やっと秋子が口をきいた。

「なに？」

「ちはる、帰ってきたら、きっと匂うよ」

「なにが？」

「石けん。いつもとちがう匂いがするよ」

開き直った言葉とはちぐはぐな、放心したような顔だった。青白くて、目が充血して、今にも泣き出しそうだ。

「かたばみ荘の石けんの匂いさせて帰ってくるよ」

「え？」

「ふたりで、いつもとちがう匂いさせて」

「そんなわけない。絶対ないって。ちがうちがう。ないない」

そう言ってていないと、本当のことになりそうで怖い。

「ちはる、グレーのスエット上下なんだよ。そんな姿でそんなとこに入るわけないじゃない」

秋子は部屋に閉じこもってしまい、わたしは二号室の戸を開けたまま、戸口に座って待った。部屋の丸いお膳の上には、クロッキー帳が中途半端に放っておかれている。

ついさっきまで、楽しい時間がずっとつづくと思っていた。お互いに恋愛をして面倒くさい性格になっても、自信を失い嫉妬深くなってケンカをしても、また元に戻れるものと。

これでは元に戻れないではないか。こんなふうに壊れたら、もう友達ではいられないじゃないか。ちはるのお姉さんと同じように、縁を切らないことには収まらないではないか。

玄関ドアがしずかに開いて、誰かが入ってきた。階段をゆっくり上がってきたのは隣室の尾村さんだ。待ち構えるわたしと目が合って、はっとしている。

「こんばんは」

先にわたしが声をかけた。尾村さんは気まずそうに会釈をする。

「ちはる、見かけなかったよね」

見かけていないだろうが、こうして戸を開けて待っている理由を説明したつもりだ。

「見なかった……」

やっと聞こえる音量でそう答えて、尾村さんは自分の部屋に入った。

八時過ぎだ。こんどはドアが乱暴に開き、どかどかと足音をひびかせて階段を上がってくる。ちはると、その後ろにつづいているのは津山君だ。

「いやー、ばったり会ったもんで、焼き鳥屋に行っちまった」

二号室に入ってくるなりそう言って無邪気な顔で笑う。津山君は顔を伏せたまま、秋子の待つ一号室に入っていった。

お風呂道具を置いてタオルをハンガーに干し、ちはるはおひるね布団にあぐらをかいて後ろに手をつく。

「どこでばったり会ったの？」

「銭湯に行くとき、前、歩いてたからさ、上がったらちょっと飲んで帰るかって」

「どこの焼き鳥屋？」

「そこの、さかえ」

「スエットに着替えなかったの？」

「まだ時間が早かったから、恥ずかしいべ」

「なんで？　津山君とだったらかっこつけなくていいのに」

「まだ明るいのに、スエット上下は恥ずかしいぞ」

「なんかへん」

「なにがだよ」

「ちはるが恥ずかしいなんて、おかしいじゃない」

「あ、そんなことより理夏、すごいことあった。教えてほしいか？　みゆきさん。中島みゆきさんとすれ違ったぞ。下北の駅から出てきた。黒い服に黒い帽子で、黒いでっかいカバン提げて歩いてた。きれいだったぞ。首が長くてさ。あたし、目が合った。すごいべ」

「ちはる、そんなこと言うな。なんで今、そんなこと言う？」

「なに怒ってんだ？」

秋子の部屋の戸が開き、津山君が飛び出して階段を駆け下りて行った。泣き叫ぶ秋子の声がする。

「ちはる、なんでよ？」

「は？」

「さかえにも、探しに行った。いなかった。なんでよ、ちはる」

「え？」

「なんで、そんなことするの」

「なに？」

「なんで、そんな匂い？」

「なんだよ」

「なんで、そんな、変な石けんの匂いさせてんのーーー」

手を伸ばしてお膳のクロッキー帳をつかむと真ん中で開き、朝から描いたページを破って両手でぐしゃぐしゃに丸めた。

それを振りかぶってちはるにぶつけた。何枚も何枚も、破って丸め、ちはるの顔めがけて投げつけた。わたしは洟をたらしながら泣いているのに、ちはるは薄ら笑いを浮かべている。

隣りのカラオケスナックからハッピーバースデーの歌声が聞こえてきた。

紙玉を投げつけながら思い出した。明日はちはるの誕生日だ。

理夏様

ひさしぶり、なんて言葉じゃ足りないほど年月がたちました。
お元気ですか？　三号室の尾村です。
あの初夏にコーポ服部を出てからもずっと下北沢に住んでいます。大家さんが急に亡くなって、アパートの取り壊しが決まり、引っ越しまで一ヶ月しかありませんでしたね。あわただしいお別れだったので、理夏のファックスも借りたままでした。もっと早く連絡をとっていたらと後悔しています。

先日アンゼリカにパンを買いに行き、閉店の張り紙を見ました。アンゼリカがなくなることを知って考えることがたくさんありました。そしてこのまま理夏とアッコに隠しごとをするのはどうなのか、長い時間よく考えて、思い切って打ち明けることにしました。三十年たった今なら、受け入れてもらえると思うのです。

コーポ服部の壁はご存じのようにとても薄く、理夏の部屋の声はよく聞こえてきました。いつもは耳栓をして書き物をしていましたが、それでも耳に入ってくる会話を聞くともなしに聞くようになりました。いっしょに青春時代を過ごしていると錯覚するほど、三人のことにのめり込みました。私は性格上仲間には入れないので、勝手に仲間になったつもりで空想していたのです。

三人が別れることになった原因、津山君のできごとですが、あの日私は駅前のマクドナルドの二階で書き物をしていました。ふと窓の外に目をやると津山君が駅前にいて、いつも立っている女性に声をかけていました。ちょっと話をして、ふたりで忠実屋のほうへ歩いて行きました。

そのあとからちはるが走ってきたのです。髪が濡れていたから銭湯帰りだったのでしょう。津山君と女性が歩いて行ったほうへ追いかけて行きました。

私はそのまま一時間くらいそこで書き物をして、帰り際、気になって忠実屋のわきから裏路地を覗いてみました。旅館の入り口に髪が濡れたままのちはるが、途方に暮れた泣き出しそうな顔で立っていました。


だからあの日、ちはるは津山君と旅館には行っていません。いつもとちがう石けんの匂いがしたのはきっと勘違いでしょう。

たぶん津山君が娼婦と旅館に行ったことを、アッコに隠そうとしたのだと思います。津山君もアッコに問い詰められて、相手がちはるではないとはっきり伝えなかったのでしょう。それとも、絶対に本当のことを言うなと、ちはるに諭されていたのかもしれません。


騒動のときによっぽど話そうかと思ったのですが、私はあの日アパートに帰ったとき、理夏に問われてちはるを見かけていないと嘘をついてしまいました。なぜ津山君があんなことをしたのか、頭のなかの整理がなかなかつかなかったのです。

若いころの私はあまりに人とのつき合い方を知らず、そのうえ言葉を発することが苦手でした。口をつぐんで自分の殻に閉じこもっていました。ごめんなさい。

ちはるがあの日以来姿を消したようで、どうしたらいいのか悩んでいるうちに、突然アパートの取り壊しが決まり、私も引っ越し先を探しているうちに理夏もアッコも部屋を出てしまい、そのまま会えなくなりました。

その後も、アッコの所属劇団は知っていたので手紙を書こうと思ったのですが、今さら真実を聞かされても理夏とアッコは苦しむことになるかもしれないと、真実は私の記憶から消そうとしていました。

そしてアンゼリカの閉店を知ったのです。七月いっぱいでアンゼリカがなくなってしまうと、私の真実の記憶だけが行き場をなくして、どこかにぽっかり浮かんで彷徨《さまよ》いつづけるような、そんな気持ちになってしまいました。

どうかこの手紙で、ちはるの本当の想いをわかってあげてほしい。ちはるを恨まないであげてほしい。そんな私のわがままなお願いです。

二〇一七年六月三日

尾村雪江

謎のチカラパン

カフェ・トロワ・シャンブルの壁際の席に腰掛けた。ベンチに四人座れそうだがテーブルは小さめなのでふたり席なのだろう。三十年前に訪れているが、店内に見覚えはない。

あれはわたしの借金返済が終わった祝い会だった。コーポ服部からほんの一分で着くというのに、三人でよそ行きの服を着た。妖しい大人の店と感じたのは夜だったからか。

当時は生まれていなかったのであろう女性店員が水を置いてくれる。

「いらっしゃいませ」

メニューを見て、苦みが少ないほうのカゼ・ブレンドを頼んだ。

ぼんやり店内を見ていると、あのころの記憶がなんとなくよみがえる。まだ新しい店だったのかもしれない。でもこの三十年の時が壁にも椅子にも味になって刻まれている。

コーヒーは緑色のカップになみなみと注がれていた。それをすすりながらふと家にいる息子のことを考えた。夕食は夫に頼んだが、男同士がどんな会話をして食べるのだろう。

しばらくぼんやりしようと背もたれに背中をあずけたときに、サンダルの音をひびかせ秋子が現れた。手に黄色い袋はなく、水色のタオルハンカチで首をしきりとぬぐっている。マニキュアも薄い水色だ。秋子は昔からブルー系が好きだった。

「私は先月にも買いに行ったから、並ぶのやめた。もう十分味わったからさ。そのぶん、ほかのひとに食べてもらったほうがいいもんね」

年齢のわりに若々しい秋子だが、肌の張りが変わった。わたしが鏡を見るたびにうんざりしてしまう目じりと口の横、アゴ周りの皮膚は、秋子も同じく緩んでいる。

「本当は暑さに耐えられなくなったんでしょ？」

秋子が「そう」と首をすくめる。

「暑さ寒さが、応えるお年ごろだからさ」

汗が引かないようで、秋子はタオルハンカチで顔をあおいでいる。店員にアイスコーヒーを注文すると、水のグラスをつかんでのどをならしながら呷《あお》った。カランと氷が音をたてる。

「ちょっとだけ店を覗いたら、のの子さんの顔が見えた。元気そうだったよ」

お客さんのすき間から覗いただけで、声はかけなかったそうだ。もう少ししてからふたりであいさつに行こうと話した。

「マスターも母上も亡くなって、がっくりきてるのかなと思って心配だった」

それは秋子からのメールで知らされていた。マスターが先に、母上もそのあとに相次いで亡くなってしまい、それがアンゼリカ閉店の大きな理由だ。

「先月行ったときに話したんだけどね、のの子さん新潟のご実家を改装して、またパン屋さんやるって」

「それはすごい。たのもしい」

「大変なこともあるんだろうけど、きっとパンづくりの技術があるからつよくなれるんだと思う」

「そう、それなのアッコ。技術があるってつよみだよね。昔はね、マスターとのの子さんって夢を追う夫とそれに寄り添う妻って感じですごくあこがれたけど、今あこがれるのは、夫に寄り添いながらもちゃんと自分の腕も磨いてるひとなんだ。のの子さんがまさにそう」

「もっともだ」

届いたアイスコーヒーに秋子はガムシロップを入れ、ストローでかき混ぜるといっきに半分以上飲んだ。ひと息ついてからしんみりと言う。

「アンゼリカがなくなったら、もう下北沢へも来ることないだろうな。変わっちゃったもの」

「街は変わっちゃったけど、庚申堂だけあのときのまんまだね」

「ああ、あそこね。下北ってさ、ますます家賃が高くなってるじゃない。そのわりにお金を落とす世代が若いから、儲けが少ないんだよね。昔からある店がどんどんなくなって、チェーン店になってるし。長年まじめにこつこつやってきた店が生き残れないって、理不尽な世の中だよね」

東京を離れた身としては返事のしようがなく、微笑むだけで聞いていた。わたしは別の理由で、下北沢へはもう来ないと考えていた。過去を思い出したくないから。

「アッコ、今日は仕事休めたの？　忙しいでしょ？」

秋子の近況はメールのやりとりをしてよくわかっていたので、まず仕事のことが気になった。

「たまたま休めた。映画関連の仕事って、土日でも夜でもあるんだよね。だから自分で休みをつくらないと」

「すごく立派になったね。苦労したかいがあったね」

秋子はバイトを転々としながら劇団で役者をつづけ、三十代後半からは裏方に回った。営業力を買われて映画の配給会社に引き抜かれ、今やそこの宣伝チームのリーダーだ。

まとめるとそういうことだが、役職についた現在も多忙な日々で、三十年間ずっと苦労の連続だったらしい。それは私小説かと思うほどの長文メールで、十件近く送られてきた。

「なによ。理夏だって立派な経営者じゃない。ネットで検索してびっくりしたよ。ステキな店舗、建てちゃって」

「北海道の田舎町は土地が安いからさ」

わたしも負けじと、秋子に自分語りのメールを送った。専門学校の夜学を卒業したあと、あこがれのデザイナーに弟子入り志願をして、なかば強引に見習いで使ってもらった。

そこで十年修業をしてから北海道の地元に帰り、商店街に空いていた土地を買って、スーツやドレスのオーダーメイド、リメイクやお直しをする店を開いた。

「スタッフも雇ってるんでしょ？」

「うん。わたし含めて三人でやってる」

「えらいね。ちゃんと夢をかなえたね」

アイスコーヒーを氷だけにした秋子は、音をたててグラスの底をすすっている。

「仕事はね、自分が考えてた以上に順調なんだ。今は洋服なんかいくらでも安いのがあるのに、オーダーメイドもリメイクも注文がふえててね」

「そうなの？」

「こんな時代で、あまりお金使わなくなると、昔の仕立てのいいスーツをサイズ直ししたり、おばあちゃんの着物生地でドレスをつくったり。面白いのはね、団塊世代が定年退職して自分の趣味を楽しみはじめたじゃない。それで、ダンスの衣装をつくってほしいとか、オヤジバンドをやるから、派手な柄の生地でスーツをつくってほしいとか」

「へえー、忌野清志郎《いまわのきよしろう》みたいなの？」

「そう。RCサクセションのコピーバンドを六十代のひとたちがやってるんだ」

「これからどんどんお年寄りがふえるんだね」

「わたしさ、アッコ、若いころは東京がすべてだと思ってた。新しいデザインが東京から世界に発信される。有名な評論家に評価される。それが成功だと思ってた。今は地方にいたっていくらでも発信できるし、評論家なんかいなくても、お客様が評価してくれる。だから、どこにいても夢はかなうんだよね」

「ホントにそうだね。表現者にとっての発信の仕方が、想像以上に変わった。私はついて行けないとこもあるから、今でも芝居は生で、映画はスクリーンでこそ伝わるものがあると思ってるんだ」

「そりゃあそうだ。受け取る側もたくさん情報があって選択できるから、生の良さにも気づけるんだろうしね」

わたしの手元のカップには冷めたコーヒーが少し残っていて、それを飲み干した。

秋子が足を組みながら「でも昔はわかりやすかったな」と言う。わたしも「もっと単純にがんばれたよね」とコーヒーカップをなでながら答えた。

「アッコもそうかもしれないけど、わたしは若いころにアンゼリカで働いた経験が、商売の基本になってるんだ」

「初めてちゃんと働いたのがアンゼリカだもんね」

「ちはるがよく言ってたんだけどさ、パン屋さんやってると、お客さんの反応はその日のうちにわかるから、その日の仕事をその日のうちに実感できるし反省もできる。褒められるとその日朝からの仕事全部褒められたってことで、こんなにうれしいことはない。逆に喜ばれなかったり売れなかったりしたら、すべて自分の責任。なにかがわるかったってこと。毎日自分の仕事を省みることができるんだって」

「ちはる、そんなことよく言ってたよね。実家が魚屋さんだから」

「うん」

「一枚何十円かの干物をコツコツつくってるって」

「そう。パンも同じなんだぞってね。たった一個のカレーパンでも、それを食べて喜んでいるお客さんの顔を思いうかべてコツコツつくるんだぞって。それって、やっぱり商売の基本なんじゃないかな。誰かに喜んでもらってるって思わないと、労働は苦痛になってしまうもの。お金儲けはそのつぎに必要なことでさ」

「そうだね。芝居も映画もそういうとこあるかも。芸術性が高くて批評家に褒めてもらえたり、賞をもらったりして人気が出るよりも、お客さんの口コミで面白いって評判が広がって人気が出たほうがうれしいもんね」

汗がやっと引いたようすの秋子は、こんどは両手で自分の二の腕をさすって言う。

「それにしても、ちはるは、ひどいやつだったよね」

秋子の言葉にとっさに笑みを返してから、ふたりの会話に間が空いた。さっきから無意識にちはるの名を口にしていたことに気づいた。

「そうだね、ちはるはひどいやつだった」

意識してその名を声に出すと妙な感じがする。秋子がさらに言う。

「おせっかいで世話好きで、情が深くて、ひどいやつ」

わたしも同意する。

「ホント、ひどいやつ」

避けていたわけではなく、本当はちはるのことを話しにきた。そして、とうとうちはるの名を意識して呼んだ。ひどいやつなどと本心ではないことを、冗談にして言うしかなくなっている。

グラスの水をひと口飲むと氷のかけらが奥歯にキンとしみた。にわかに沈黙の時間が怖くなった。

通りがかった店員にコーヒーのおかわりと告げると、秋子も同じものを頼んだ。

「夏休みなんだね」

話題に困り、つい母親じみたことを口にした。

「理夏は、お母さんなんだよね。経営者で妻でお母さんか」

独身の秋子の言葉だが皮肉は感じられない。この年までお互いにがんばって生きたことを称《たた》え合おうとしているような口ぶりだ。

「うん。子どもが小さいときは、仕事とのバランスとるのが大変だったけどね」

「息子さん、高校生だったよね」

「うん……二年生」

「名前、なんて言うの？」

「光太郎《こうたろう》……」

地元に帰ってから、個人事務所を開いたばかりの税理士の夫と知り合い結婚した。あくる年に子どもを授かり、跡取り息子だと、親や親戚に喜ばれた。

「いい名前だ」

わたしの口が急に重くなったことに、秋子は気づいただろうか。息子のことを話すときはいつも伏し目がちになる。

「光太郎君はなにが夢なの？」

「ん……」

つい先日、そのことを息子に訊いたばかりだ。

「アッコ、アニメに詳しい？」

「もちろん。映画の仕事してるんだから」

「好きなアニメの聖地が沼津《ぬまづ》にあるんだって。そこに行ってみたいって」

「ああ、二次元派か」

「わたしたちもアイドルにあこがれた世代だけどさ、アニメの女の子を本気で好きなんだって」

「それ、めずらしいことじゃないよ、理夏」

ふふっと笑うしかなくなり、そう言ってくれる秋子がありがたかった。地元では母親の育て方を責められるようなことなのだ。

「光太郎、高校には一回も行ってないんだ」

誰にも言わずに今日まできたが、秋子にだけ聞いてもらいたくなった。

「そうか」

秋子は驚きもせず、というか、驚かないふりをしてくれた。

「小中と、スポーツは苦手だけど、成績は良かったんだよね。高校受験で確実って言われていた志望校に落ちてしまって、二次募集で入った私立なんだけどね、入学式にも行かなかった。もう一年以上自分の部屋でずっとゲームやってる。もう一回受験し直すように言ったんだけど、もうやる気が出ないって」

「お父さんはなんて言ってる？」

「受験に失敗した傷が癒えるまで、そっとしておいたらって。夫も傷ついたみたいで。学生時代ずっと優秀で、受験の失敗は経験してないから、息子のつまずきが自分の失敗として感じられるって言ってた」

「あちゃー。じゃあ理夏が男ふたりを励まさないといけないんだ」

「励まし方もわからないんだ」

こうなったのは母親の、わたしのせいではないかと、そればかり考える日々だ。

「わたし、若いころ占いが好きだったじゃない」

「そうだったね」

「息子の将来を占ってもらいたい。うそでもいいからこのままでもだいじょうぶですよって、誰かに断言してもらいたい」

「理夏、またださされて印鑑なんか買わないでよ」

「買わないよ。もう懲りてる」

ふたりで小さな笑い声をあげた。わたしは息子が部屋にこもっているかぎり、産んだことを肯定できそうにない。

わが子に多くを期待しているわけではない。ただ、社会の迷惑になるのではなく、誰かの役に立ってもらいたい。そう考えるのは親のエゴなのだろうか。

*

ひざの手術をした実家の母を見舞い、家に帰ると夕方になっていた。

「ママ、このおだんご、たべていい?」

急いで夕飯をつくろうと、キッチンに立っているわたしの足元で光太郎が言う。

「ごはんが食べられなくなるから、ちょっと待って。今ね、こーちゃんが好きなカレーライスつくってるから」

「えー、おなかすいたー」

光太郎はキッチンの床に寝ころがってバタバタと足をならした。

「じゃあ、おだんご一本だけよ。ちゃんとお座りして食べて」

スーパーで買った、よもぎ餅にアンコがのったくし団子を、小さな手で一本持ち上げるとうれしそうに頬張った。

「はい、これ飲まないとのどに詰まるからね」

麦茶を座卓に置くと、光太郎はそれをひと口飲んだ。新幹線の絵がついたカップは光太郎のお気に入りだが、来年小学校にあがるときには、さすがに買い換えが必要だろう。

「テレビつけていい？」

「いいよ」

テレビのリモコンを探して、飛び跳ねるようにして座卓の周りを駆けた。

「あ、だめよ。こーちゃん。おだんごのくしを持ったまま走っちゃ、あぶない」

つい大きな声が出た。「だめ」「あぶない」。この言葉を使い過ぎると子どもは萎縮してしまうと、さっき母に言われたばかりだ。

「ひとりっ子は、親の干渉が過ぎるから心配なのさ」とも。

父が亡くなってから、母はそれまでの呑気さがなくなった。わたしの育児の仕方が気になるらしくなにかと口出しをしてくる。

「干渉が過ぎる」

とくにその言葉をくりかえし言われる。わたしが光太郎に干渉してしまうのは、出産のときに命が危ぶまれたからだ。

出産予定日から一週間が過ぎていた。弱い陣痛がきて入院をして、丸二日たってもお産の兆候が見られなかった。陣痛促進剤を注射してしばらく眠ったあとだ。

周りでバタバタと足音がしている。吸引の器具を使うと耳元で声をかけられても、わたしは意識がもうろうとしていた。

体験したことがない痛みになんとか耐えて、見せられた赤ん坊は頭のてっぺんが尖って、赤い吸引あとがついていた。

驚いておろおろするわたしに夫が言った。「頭に痣《あざ》ができるくらいたいしたことじゃないよ。自然に消えるから」と。そして医者から聞いた話を教えてくれた。

「なかなか出てこられなかったのはね、へその緒が首と肩にからまっていたからなんだって。これ以上時間がかかってたら、赤ん坊の命が危なかったらしい」

それを聞いて無事だったことに安堵《あんど》したのに、そのあとだ。

「それでね、これはまだ、成長段階でどうなるかまったくわからないんだけど、もしかしたら、脳になにか障碍《しょうがい》が残るかもしれないって」

その言葉を聞いたあとの、夫の話の記憶がない。わたしが上手に産んであげられなかったせいで、子どもに障碍が残るかもしれない。

授乳をするたびに涙が流れた。音には反応するだろうか。光にまぶしそうな顔をするだろうか。ささいなことが気になって、ほかの赤ちゃんと見比べた。

寝返りをうつのが早く歓喜したのもつかの間、喃語《なんご》を話すのが遅いと心配になる。ハイハイをするのが早くまた喜び、言葉をなかなか話さないと落ち込む。

毎日がそんなことのくりかえしで、わたしはしだいに精神状態が不安定になった。夫のアドバイスで、泣く泣く息子を保育園に預けることにした。光太郎が一歳半のときだ。

保育園でお友達と遊びはじめてから、光太郎はいろいろなことをおぼえ、からだもじょうぶになった。それに周りを和ませる雰囲気を持っている子だと保育士に褒められた。

わたしはゆっくり自分を見つめ直し、出産前に計画していた、洋裁の店を開店する準備をはじめた。働いていたころの感覚を取り戻すと、心身も元気になった。

半年は仕事と育児のバランスがとれていたと思う。それがふとしたことで崩れる。わたしが仕事に夢中になっていたとき、光太郎に嘔吐《おうと》をくりかえす症状が現れ、病院通いがはじまった。難産のための後遺症ではないと医者から知らされたのに不安が収まらない。ふたたびわたしの心が壊れそうになる。途中まで上手く行っていた開店準備が頓挫《とんざ》してしまう。

そして、光太郎が元気になり、わたしも仕事に復帰したころに、夫が事件に巻き込まれる。夫の顧客が起こした事件のせいで、個人事務所を閉めることになってしまったのだ。

幸い仲間の会計事務所で雇ってもらえたものの、夫の精神的ダメージはつよかった。わたしは自分の仕事よりも夫に寄り添うことを選んだ。

やっとやっと、夫の仕事も上手く回るようになり、わたしも自分の仕事のことを考える時間がふえる。ところが自分の仕事に夢中になると光太郎が病気になる。

皮膚病になったり、頭痛がつづいたり。それはふしぎとシーソーゲームのようにくりかえされる。わたしの仕事と光太郎の病気、どちらかに傾き、バランスはとれない。

シーソーゲームをくりかえしながらも、少しずつ前へ進み、やっと光太郎が六歳になった。それでもまだ不安はつきない。洋裁の店を開店したことに、どこか罪悪感がある。

わたしは仕事が好きだ。でもあまりに楽しくて夢中になると、罰のように光太郎に問題がおきる。

そこへきての、今日の母の言葉だ。

「理夏は光太郎の自我の芽をつむような言葉ばっかり使って。だから光太郎は成長が遅いんだよ。あなたの言葉に萎縮しちゃうの。よその子よりもおぼえがわるいじゃないの。母親が仕事してると気持ちにも時間にも余裕がなくなるから、イライラして、それを子どもにぶつけるのさ。病気になるのはそのせいなんだよ」

　とっさに言い返したいような気持ちになったが、術後のひざをかばってやっと歩いている母に対してなにも言えず、ぐっと我慢するしかなかった。

「こーちゃん。カレーライスができたよー」

　テレビはなにかのバラエティー番組らしく、甲高い男性司会者の声がひびいている。

「こーちゃん。スプーン、取りにきて」

　見ると光太郎は居間のカーペットにうつぶせ寝をしている。団子を食べたあとのくしを右手でつまんだままだ。車で出かけた日は、いつも早く寝てしまう。

「ちょっと、こーちゃん。ごはんを食べてから、お布団に寝ようよ」

　夫は札幌《さっぽろ》への出張で今夜はビジネスホテルに泊まると話していた。月に一度は顧客先への出張があり、ふだんの帰りは夜の九時ごろで、親子ふたりの夕食にはもう慣れている。

「こーちゃん？」

　わきに手を入れて光太郎のからだを起こした。ずいぶんぐったりと脱力して眠っている。

「起きて、こーちゃん」

　抱き上げると顔がこちらを向いた。

「こーちゃん？」

　顔の色がおかしい。緑がかっている。唇が紫だ。

「こーちゃん！」

　唇の横によだれが乾いたようなあとがある。カーペットにも嘔吐の汚れがある。

「こーちゃん！」

からだを横向きに抱きかかえ、ゆびで口をこじ開けた。背中を叩いて、のどにゆびを入れた。なにも出てこない。

「こーちゃん、息、息して、息して、こーちゃん！」

鼻をつまんで口から息を吹き込んだ。でも肺に通じたのかよくわからない。だらりとなった腕をつかんで、手首に親ゆびを当てた。

鼓動が見つけられない。自分の心臓の音と混同しそうだ。ぴくっとなにかが動く。トクントクンと親ゆびに触れるものがある。生きている。

生きている……と思ったとき視界が閉じるように暗転した。

暗闇のなかで深い水の底にどんどんどんどん沈んで行く。

音のしない真空の闇のなかだ。

目を開けると床に横たわる光太郎の首を、わたしのゆびが押さえつけていた。ゆび先に力が入っている。他人のゆびを見ているようだ。右手で自分の手首を叩き、ゆびをはずした。

光太郎の首に薄くあとがついている。ふるえる手でそこをさすった。光太郎を抱き上げ受話器を取った。ボタンを三つ押すだけのことを何回も間違えた。

「あの、子どもが、子どもが倒れて、意識がないんです」

救急外来のベッドで点滴を打ち、札幌から夫が病院にたどり着いた深夜、光太郎はベッドの上で目を開けた。

「こーちゃん？　こーちゃん？」

きょとんとした目で、あたりを見回して言った。

「カレーライスは?」

夫はハハッと笑い、わたしはひざからへたり込んだ。

検査の結果、脳にもそれ以外にも異常はなく、あくる日に退院できた。それなのに、わたしはしばらくゆび先のふるえが止まらなかった。自分にしかわからない痙攣《けいれん》のようなふるえだ。

自分の命よりも大切な光太郎の命だ。いなくなったらわたしも生きてはいけない。そう思っているのに、わたしはあのとき、このまま命を終わらせようとした。

記憶がよみがえるにつれ、罪悪感がつのった。誰にも打ち明けられない罪の思いは、わたしのどこかにからみついて、いつまでも放してはくれない。

生活に追われて忘れているときもある。仕事をしているときは夢中になっている。しかし日々のなかで笑い声をあげたあと、ふと胸の奥に痛みを感じてたまらなくなる。

苦しくなると行く場所があった。パン屋さんだ。小さな店で二十種類ほどしかないパンはどれも安くて庶民的な味だ。光太郎とパンを買うとなぜか心が温かくなった。

「こーちゃん、カゴを持ってくれる? ママがパンを入れるから。どれがいい?」

子どもでも持てるようにトレーではなく籐のカゴを用意してある店だ。

「えっとね、パパはクリームパンだよ。ママはカレーパンでしょ。ばあばはなにがいいかな」

「そうだね。ばあばは、あんパンかな」

「あんパンだ。あとは、マヤちゃんは焼きそばパン」

光太郎はパン屋さんに行くと、かならず知っているひと、全員ぶんの好きなパンを買おうとした。

小さな子どもの頭のなかで一生懸命に、いろんなひとの顔を思いうかべていた。

自分の大好きなソーセージパンは、いちばん最後に選んだ。

＊

カフェ・トロワ・シャンブルの店内に、シナモンの香りが漂う。秋子が「食べる？」と訊くので、じゃあひと口もらうと答え、近くを通った店員にシナモントーストをひとつ頼んだ。

汗がしみたハンカチをバッグにしまい、新しく出したハンカチも水色だ。秋子はそれをテーブルの端に置き、右手の先をのせて爪のマニキュアを点検している。

「津山君に会う？」

「うん。映画のプロモーションでなんどか。でも向こうはもう別世界のひとだよ」

「そうだよね。大スターだもんね」

津山君の三十年は調べなくても知っている。オーディションに受かって出演したテレビドラマで人気が出て、あくる年には朝ドラヒロインの相手役に大抜擢《ばってき》された。

その後もつぎつぎにドラマや映画の人気作品に出演をつづけ、誰もが知る有名俳優になった。五十代の今も、話題の作品にわき役として登場するベテラン俳優、津山ひろしだ。

「十年くらい前に仕事で会ったときね、気軽に声かけたの。ひさしぶりって。そしたら直立不動になってよろしくお願いします、だって」

「アッコのこと、まだ怖いんだ」

「あはは。あの津山ひろしに恐れられてる私ってなに？　周りのスタッフに、昔の劇団仲間だからって説明するのが大変だったよ」

昔の恋人にはなんの未練もないようすで秋子が笑う。

「アッコはもうお芝居はやらないの？」

なにげなくそう訊いてしまってから、秋子を傷つける質問だったかと気づいた。

「あ、ごめん。そんな話、したくないよね」

「そんなことないよ。この年になるとね、最初から宣伝担当者としてしか見られてないから、新鮮な話題だよ」

「あのころ、芝居に夢中だったアッコを見てるから、そのときのイメージのままなんだ」

「私の過去を知ってるひとも、今や貴重な存在だね」

「そんなに簡単にあきらめられるもの？　未練はない？」

「ん……あるよ。未練たらたら。理夏にだけは言うけど、まだこれから芝居ができるかもって思ってる。五十代とか六十代って、若いときとはちがう演技ができそうだから、いつか舞台をやってみたいんだ」

「できるよ。これまでの人脈もあるから、仲間集めてさ」

秋子がふふっと、目じりに二本の影をつくる。

「アッコ、きれいだ。若いころよりきれいだよ」

下北沢にいたころ、五十代になっても夢を追いつづけているなんて、これっぽっちも想像していなかった。せいぜい三十代の自分はどうなっているかとたまに考えるくらいで。

三人で宴会をしたときに、「老いて醜くなってまで生きていたくはない」とか「ババアになる前に美しく死にたい」とか、冗談のふりをして半ば本気で口にしていた。

だけど三十年たっても、考えの核のようなものは変わっていないようなのだ。何者かになりたい。なにか手ごたえを感じて生きたい。なにかの拍子に運命は変わるかもしれない。

そんな夢追う若人《わこうど》じみたことを、今も考えてしまう。秋子に会うと、秘密にしていたそれらの考えが、隠す必要もないもののように思えてくる。

「冷房、効いてるね」

秋子がバッグから薄いカーディガンを取り出して羽織る。わたしはすでに肩に薄地のショールをかけている。

「北海道はいいね。クーラーなんて使わないでしょ？　東京の夏は昔より暑くない？」

「コーポ服部にはクーラーなかったよね」

「そうだよ。それでも眠れてたんだもんね」

「汗だくで寝てた」

「なつかしいね」

恋人とこんなふうに会話している秋子の日常を思いうかべた。結婚は一度もしていないとメールには書いてあったが、交際相手くらいはいるのだろうか。

「ねえアッコ、訊いてもいい？」

「なに？」

「アッコは、何人かと恋愛したんでしょ？」

テーブルに分厚いシナモントーストが届いた。四つ切りにして、たっぷりのホイップクリームが添えてある。ひと切れずつ手にとり順番で薄くホイップクリームをぬった。

「そりゃあ、この年までひとりだったわけじゃないよ」

同時にトーストをかじって目を見合わせて頷く。昼食はとっていないのにあまりお腹がすかず、今の年齢には半分がちょうどいい。

「私ね、バンドマンと暮らしてたんだ」

「バンド？　ギタリストとか？」

「ベーシスト。でも、死んじゃった」

「え、死んじゃった？」

さらりと乾いた声で言うので、思わずそんな言葉で訊き返した。

「うん。もうすぐ五年になるかな。結婚してるひとでね、しばらく会ってなかった奥さんに誘われて、高校生の息子さんと三人で、夏休みに海に行ったらしいんだよね。そのころは酒の飲み過ぎで、からだはボロボロだったんだけど、バカみたいに酔って海に入ったらしくて、心臓発作で波打ち際に倒れてたんだって」

「奥さんから連絡があったの？」

「ううん。バンド仲間がうちのマンションを訪ねてきて知ったんだけど、もう葬式も火葬もすませたなんて言うから、冗談だと思った。こっちは奥さんに気を使って電話もかけなかったし、バンド仲間に私のことは教えてなかったしさ。帰ってこないから心配してたんだけど、まさか死んでたとはね。気が小さいやつだったから、ひさしぶりに息子さんと会ってどうしていいかわからなくて、酒でも飲んでないといられなかったんだろうなって思ってさ」

秋子がコーヒーを口に運ぶのを見て、こちらもひと口すすった。

「そんなことがあったんだ」

「実感があんまりないままだけどね。彼、ほとんどうちで生活してたから、楽器がけっこう置いてあったんだよね。バンド仲間がその楽器を探して、楽器店の伝票からうちにたどり着いたみたい。借金があったから、楽器売って返した」

「大変だったね」

「いやあ。私より息子さんがショックだったろうと思うと、悲しんでもいられなかった。あいつの演奏の音源とか、革ジャンとか見つくろって送ったりしてさ」

「そうか、えらいな、アッコ」

「送ったもの、どうなったと思う？」

「え、どうって？」

「突き返されたよ。受け取り拒否。そりゃあそうだよ。それが普通だよ。私、罪悪感があって、どうにか許してもらいたかったから、なんかいろいろしちゃったけど、それがよくなかったみたい。よけいに傷つけることになった」

「そんな……」

「ひとつ学んだ。重過ぎる罪悪感は自分だけで処理すること。許してもらおうとして、相手を巻き込まない」

「うん。おぼえておく」

そう言って微笑んだが、秋子の言葉が胸に刺さる。

「でも、彼の息子さん、今は音楽関係の仕事についてるよ」

「そう、それはよかった」

言いながらわたしは、また光太郎のことを考えた。この重過ぎる罪悪感も自分だけで、墓場まで持っていかなくてはいけない。

「恋愛運はよくなかったな、私」

つくったような笑みを浮かべながら秋子が言う。

「過去形にしなくていいよ。まだこれから、いい出会いがあるかもよ」

これくらいは傷つけないだろうと思い、そう言った。

「はは。これからか。そうだね。出会いはあるかもしれないけど、やっぱり男運はわるいと思う」

「なんで？　そんなことないよ」

秋子はさらに笑顔をつくる。

「しばらくは、ちはるのせいだって恨んでた。本気で好きだった彼を、親友に寝取られて、胸のなかにぽっかり穴が開いたみたいだったから、その傷のせいであとの恋愛も上手く行かないんだって思い込んで」

「そうだろうね」

「でも何回か恋愛するうちに、私の好きになる男のひとに問題があるってことがわかった」

秋子はくすっと笑いながら言う。

「津山君タイプ？」

「そう。ちょっと精神的に成熟してない、未熟者なのにつよがってそれを隠してるみたいな、そんなタイプの男に惚《ほ》れるんだな。甘えられると弱い」

納得できて、わたしもくすっと笑った。

「そういう男はたいてい浮気するんだ。甘ったれだから、癒やしてくれるひとがいたらすぐ誘惑されちゃう。恋人が悲しむことも想像できない。未熟者だから」

「津山君も……そういえば、そんなタイプだったっけ」

「まさにそう。津山君のあとにつき合った恋人は、みんなおんなじタイプだって気づいて、ちはるを恨む気持ちもだんだん薄れてきた」

「そうか」

「オムライスからの手紙読んで、すべてが腑《ふ》に落ちた」

やはりオムライスの手紙の話をしなくては。わたしはオムライスからの手紙を読んで、秋子に会わずにはいられなくなったのだ。

「あのときもね、津山君はドラマ出演が決まって急に偉そうなこと言うようになって、私は津山君に先越されたみたいな気がして面白くないし、私たちギクシャクしてたんだよね。ちはるはそれを見抜いてたんだと思う。こんなとき男は浮気に走るって勘づいて、銭湯の帰りに津山君追いかけて、止めようとしたんだよ、きっと」

「そうか。そういうことか」

「今となっては、どうしてあんなに、ちはるに対して怒り狂ったんだろうって……」

秋子が組んでいた足をほどいて、前髪を手ぐしで整える。

「アッコ、それはしかたない。だって若かったから」

そのわたしの言葉をさえぎって秋子が言う。

「ちはるの才能に嫉妬してたからだよ」

それまで笑みをうかべていた秋子の顔が引き締まった。

「え？　才能って、役者の？」

「ちはるは役者でもないのに、張り合うのもおかしいんだけど、自分のありのますべてを表現できるひとだった。自由で思いのまま、楽しんで生きていた。劇団で私、殻が破れていないって、そればっかりダメ出しされたから、ちはるを見てると私に才能がないって言われているみたいな気がした」

「そうか」

「津山君とのことは、爆発するきっかけになっただけで、本当はずっとちはるに嫉妬してたんだ。それはずいぶんあとになって、役者の経験積んでからわかった」

「そうだったんだ……」

秋子はゆび先を折って、きれいにぬられた水色のマニキュアに目をやっている。

「若いころは自分に才能があるって思い込んでたんだよね。自我がつよ過ぎたから、役者としても成功しなかったんだろうな」

わたしもテーブルの上の自分の爪を観察した。透明のマニキュアをぬった丸い爪だ。

「わたしはアッコと逆で、自分に才能がないと思い込んでた。どっちも自意識がつよ過ぎだね」

「同じだったんだ。どっちも自意識過剰か」

そう言って秋子がふふっと笑う。わたしもふふっと息をついた。

入り口のドアが開き、女性の大きな声がする。

「五人なんだけど、空いてる？」

それがちはるの声に聞こえてドキリとした。店員となにか話して出て行った。

そういえばちはるのことで、秋子に話したいことがあった。

「このあいだね、ふいに思い出して、ああそうだったのかって悲しくなったことがある」

「なに、怖いこと？」

「怖くはない。ほら、ちはるが、焼き肉店の店長と香港に行ったことあったじゃない。わたしが、知らされてなかったってすごく怒って」

「ああ、銀歯のパンチパーマね」

「あれさ、わたしがお金なくて困ってたから、ちはる、お金をつくるためにあの男を頼ったんじゃないかな。振り袖を質に入れたなんて言ってたけど、あれはうそでさ。だって、あのことがあって、ちはるは男癖がわるいなんて決めつけてたけど、あれからずっとコーポ服部に来てたよね」

「うん……そうかも」

さっきの女性がグループを引き連れて、大テーブルに陣取った。真夏の熱風がドアのすき間から入り込み、室温が上がったようだ。

「ねえ理夏、オムライスって、名前は雪江《ゆきえ》だったんだね。尾村雪江」

秋子は話をそらした。

「そう。尾村さん本人は地味な感じなのに、ペンネームはオムライスなんてふざけた名前」

あのころ、帰宅してコーポ服部の玄関ドアを開くと、三和土に郵便物が散らばっていた。たいていは秋子への美容関係のDMだったが、たまにオムライス宛てが交ざっていた。

「理夏は知ってた？　あのペンネーム、ちはるがつけたんだよ」

「あ、そうだったね」

オムライス宛ての封筒には出版社の名が印刷されていて、それを見るとちはるはうれしそうに、尾村さんの部屋に届けに行った。

「オムライスね、コーポ服部出てから何年かあとに、小説の新人賞を取ったんだよ。たまたま新聞で写真を見て、気づいたんだ」

「え、じゃあ隣りの部屋で書いてたのが日の目を見たんだ。今は有名作家になってる？」

「んー、有名かどうかはわからないけど、何冊も小説書いてるみたいだよ。たまにネットでチェックする」

秋子は話しながら傍らのバッグに手を入れ、ピンク色のカバーをはめたスマホを取り出す。

「アッコ、わたしのこともフェイスブックから探してくれたもんね。今は人探しもすぐにできるよね。あのころはインターネットもスマホもなかったから」

手にしたスマホの画面にゆび先でふれながら、秋子は「あのころは人探しなんかね」とつぶやく。今ならケンカ別れした相手でも、怒りが治まったころにネットを使って仲直りできたのかもしれない。感情をぶつけ合って縁が切れたまま、永遠の別れになるのではなく。

「ひどいことしちゃったんだね、ちはるに」

わたしの目を見ずに、遠くに視線をやって秋子が言う。

「恨んでるだろうな。ちはる」

わたしも目を伏せた。そう口にしてから、秋子とわたしの周りだけ時が止まっているような気がした。耳の奥に圧迫感があるのを思い出す。今朝乗った飛行機のせいだ。

「アッコ、ちはるとは、会わないまま？」

思い切ってそう言った。秋子は丸めていた背筋を伸ばし、こちらに視線を合わせてこっくりアゴをひく。

「あの日あれ以来、それっきり」

つぎの言葉はさりげなくと自分に言い聞かせ、軽い口調を選んだ。

「奥尻の津波のあと、探した？」

白いコーヒーカップの持ち手をしばらくゆびでなでたあと、秋子はうつむきながら「ううん」と首をふった。

「怖くてなんにも見られなかった」

「そう」

「テレビのニュースも、新聞記事も」

「そうだよね」

一九九三年七月十二日の夜十時過ぎのことだ。北海道南西沖で巨大地震が発生し、震源地に近い奥尻島に大津波が押し寄せた。死者・行方不明者二百三十人という大惨事だった。

「でも被害がすごいのはわかったから、もしかしたらとは思ったよ。捜そうとしたこともあった。ちはるのお姉さんや実家の連絡先のメモは捨てちゃったからどうしていいかわかんなくて。いや捜そうと思えばいくらでも捜せたとは思うけど、怖くなって」

「うん」

「最近もＳＮＳで探したけど、存在してないみたいに見つからない。だから、やっぱり、そうかなって」

「携帯電話もない時代に別れたからね。奥尻島の実家に帰ったことしかわからなかったよね」

それはちはるが働いていた洋服お直し店を、わたしが訪ねて店主から聞いた。池ノ上のアパートに行くともぬけのカラになっていたからだ。

あの日の夜、わたしの部屋に秋子も来て、ふたりでは泣きわめきながらちはるのことをさんざん罵《ののし》った。ちはるは言い返すこともせず薄笑いをうかべ、しずかに立ち上がって出て行った。それっきり二度と帰ってこなかった。

「私の実家から巨峰が送られてくると、ちはるがよく言ってたんだ。奥尻の青苗からも鮑送ってこないかなって。実家が奥尻の青苗だってことは無意識に記憶してた」

ニュース番組でなんども映された地区だ。そのあたりの家は津波と火災で壊滅状態だった。

「わたしもおぼえてた。奥尻の青苗」

ちはるは亡くなった。わたしはそれを新聞記事で知った。青苗地区佐藤《さとう》千春《ちはる》二十九歳の文字と、高校の卒業アルバムらしき顔写真で確認した。祖父母らしき同姓の名も並んでいた。

「わたしね、アッコ」

「うん」

「ちはるの消息、津波のあとすぐにわかったんだ」

秋子はまっすぐに伸ばしていた首を前に傾け、うなだれてしまった。

「理夏、私、それを聞くの怖い。もしかしたら理夏は津波のあとにちはると会ってて、元気だったよって、今日教えてもらえるかもって、そんな期待すらしてたんだ。そうだったらいいなって。どこかで生きてて、会えないだけって自分に言い聞かせて今まできたんだ。理夏とだって、会おうと思えば会えたのに、本当のことを知るのが怖いから連絡とらなかった。オムライスのあんな手紙読んじゃったし、もしそんなことになってたら、私、どうしたらいいのか」

そのあとの沈黙の時間が長過ぎて、秋子が席を立つのではないかと思った。それならそれでいい。

「でもさ」

秋子は視線の先を、自分のにぎっているタオルハンカチから、わたしの胸へと移した。

「知らないわけにはいかないよね」

伏せていたまぶたを持ち上げて、わたしの目を見る。

「あのね……」

本当のことなど、知らないままのほうがいいのだろうか。どこかで生きていると信じていたほうが苦しまずにすむかもしれない。声を出そうとすると目の奥が熱くなってくる。

「ちはるはね……」

秋子の目のふちを血がにじむようなしみがはしる。

わたしはただゆっくり笑みをつくった。

秋子はしずかにベンチに背をもたれ、天を仰いだ。また長い沈黙があり、手にしたタオルハンカチを広げると、ばさりと自分の顔に掛けた。

「最後のパンは、どこで食べようか」

黄色い袋を提げて秋子が訊く。

「どこがいいかな」

わたしの手にも同じふくらみの黄色い袋だ。

カフェ・トロワ・シャンブルに三時間いたあと、のの子さんにあいさつをするために行列の最後尾に並んだ。あきらめていたのに、最後のトレーにまだパンが残っていた。

「そうだ。北澤八幡宮に小さい遊び場があって、確かベンチがあったよね」

「北沢《きたざわ》タウンホールのなかにも休憩スペースはあるよ」

思いつくまま食べる場所を挙げていったが、足は南口商店街を下っている。アンゼリカからの行列はもうなくなっていて、レジ袋を提げた人や、スピードを上げた自転車が行き交う。これがいつもの夕刻風景なのだろうが、祭りのあとのような気だるさはわずかに漂っている。ひと月もたてばここも、アンゼリカがないのが日常の商店街になるのだろう。

「理夏、やっぱり買えてよかったね」

「うん。あの行列見たら買えなくてもしょうがないと思ったけど、アッコと昔話してるうちに食べたくなってた」

「ぎりぎり、カレーパンとみそパン、どっちも買えたから」

「一個ずつだから、じっくり味わって食べる」

売り場に入り、もうこれが最後というできたてパンがのったトレーを見たとき、いつかちはるが話していたのを思い出した。

「パン屋さんってさ、夢がいっぱいつまってる場所だよな。ドアを開ける前からわくわくするだろ？　ウインドウの外側からいろんな種類のパンが並んでるのが見えてさ。ドアを開けたらあの匂いだ。香ばしいのと、甘いのと、バターが焦げたのと、なんとも言えない美味しい匂い。もうすでに、パン売り場の空気が美味しいだろ？　空気だけでもパンを一口食べたみたいだ。

それでトレーとトングを持って、どれが食べたいか目と鼻とお腹と相談しながら選ぶんだ。選ぶ時間もわくわくして楽しくてさ。気づくとドーナッツやらクリームパンやら、あれもこれもトレーにいっぱいのせててよ。食べきれないのはわかってるのに、ついつい多く買っちゃうんだよな。

誰かに買ってあげようとか、明日の朝にあっため直して食べようとか。たったの百二十円とか百四十円とかで、あんなに幸せな気分になれるものってほかにあるか？　おやつにもなって、ごはんにもなって。子どもも、お年寄りも大好きで。自分のためにも、誰かのためにも買いたくなって。買うほうも、もらうほうもうれしくて。そんな食べ物って、ほかにあるか？」

焼鳥さかえの前を過ぎ、鶏そば店の前を過ぎる。鎌倉通りの向こうに太陽が浮いている。このつよい日差しは、コーポ服部二号室を照らしていた夏の西日だ。

カーテンの色を映して、しっくいの壁と四畳半の畳がオレンジ色に染まっていた。おひるね布団に寝ころがっている三人の顔も、オレンジ色になっていた。

「あたし思うんだ。パン屋さんでさ、小さい子がパン買うときに、パパにも買ってくーとか、おばあちゃんにも買うーとか言ってることあるだろ？　自分だけじゃなくて誰かの顔を思いうかべて、そのひとにも喜んでもらおうとしてるんだろ？　そういうのって親がやってるのを見てまねするのかな？それとも教えられなくても、生まれつき備わってる優しさなのか？

どっちにしろ、自分以外の誰かのことを考えられるってすごいと思わないか？　すごい優しさだ。大好きなひとに喜んでもらいたいって、あんなに小さい頭でも考えられるんだぞ。ひとを思いやることができる子どもはだいじょうぶだ。優しさってのは最強だ。絶対にいい大人になる」

酒屋の前に来た。はす向かいが元コーポ服部だった焼き肉店だ。

「隣りのカラオケスナック、まだあるんだね、理夏」

「そうなの。あそこの前は恋人同士のチュースポットだったよね」

「あそこで食べる？　立ち食いなんてだめだよね」

「塀の陰だったら、だいじょうぶじゃない？」

スナックの扉にある店名が当時とは変わったようだが、以前の名は思い出せない。ブロック塀の陰に隠れるようにしゃがんで、袋からパンを取り出した。

「揚げたてだ」

「あったかいね」

ふたりともカレーパンから食べた。歯のあいだでなるサクッという音に耳をすませる。

「うん」

「うんうん」

ふたりで頷き合いながら、変わらない味をかみしめる。毎日毎日このパンを揚げていた、あのころの自分もかみしめる。

「光太郎君はパン好き？」

「うん。大好きだよ。小さいころはよくパン屋さんに連れてったよ」

「またいっしょにパン買いに行けば？　ちはるがよく言ってたよ。パンには謎の力があるって」

「そうだね。そういえば、ずいぶん長いこと、いっしょにパン屋さん行ってないな」

「行きなよ。パンは力をくれるよ」

コーポ服部二号室の笑い声が聞こえてくる。

「あたし占いできるんだ。パン占い。パンには謎の力が宿ってる。パンを食べてるひとの顔を見ると、将来がわかる」

「わたしは？」

「んー、理夏の将来は……わかった。理夏は孫に囲まれながら、あったかい暖炉の前で、洋裁してる」

「じゃあ、私の将来は？」

「アッコの将来は……あ、見えた。アッコはおばあさんになってから主役として、本多《ほんだ》劇場の舞台に立ってる」

「なんでおばあさんなの？　やだよそんなの。当たらないからね、そんな占い」

最後のパンをちはるにも食べさせたい。ちはるがカレーパンを食べた日は、「理夏、今日もいい揚げ具合だ。これはプロの味だ」と、毎回そう言ってくれた。

「わたしさ、アッコ」

「ん？」

「あのころ、ひとに褒められることってなかったのに、ちはるだけは惜しみなく褒めてくれた」

秋子が半分になったカレーパンにかぶりつき、ゆっくり飲み込んでから言う。

「そうだね。私もちはるにどれだけ助けてもらったかわからない。ケンカばっかりしてたけど」

思い出すほどに後悔も積み重なっていく。こうなることはわかっていたから、忘れようとしていた。

秋子がくぐもった声の嗚咽《おえつ》をもらす。ティッシュを二枚差し出した。

もう二枚ティッシュを抜き、自分の洟を思いっきりかんだ。ふたりのゴミをゴミ袋に入れてから、カレーパンをひと口ひと口、丁寧に味わった。

「アッコ、やっぱり美味しいね」

「うん。美味しぃ」

四月の月曜日。コーポ服部二号室でデザイン画を描いていたあの日の夕方。いっしょに夕飯を食べるはずだった。待っているあいだ、納豆オムレツチーズトーストを焼けばよかった。

ちはるのことを少しも疑ってなどいないという顔で夕飯を食べながら、話を聞けばよかった。秋子には内緒でも、本当のことを話してくれたかもしれないのに。

そのあと駅前ですれ違ったという中島みゆきさんの話を聞いて、「すごいすごい、いいなーちはる」と笑い合えたかもしれないのに。どうしてちはるを信じてあげられなかったのか。

もうこれから下北沢に来ることはない。来られない。やっぱり今日で最後だ。アンゼリカといっしょに、下北沢も見納めにしよう。

泣きながらカレーパンを食べているふたりの前を、通り過ぎようとする女性がいる。スナックが入っているマンションの住人らしい。彼女の手にもパンが入った袋が提げられている。

その黄色いポリ袋がふたりの目の前で静止した。素足に黒いスニーカー、裾を折ったジーンズに、黒の長いシャツを着ている。黒髪をショートボブにした小柄な女性だ。

「え？」とその女性は声を発した。わたしと秋子の顔を交互に見て、驚いた目をしている。

「あれ？」

秋子がそう言って立ち上がった。確かにどこかで見覚えのある顔と雰囲気だ。

「オムライス？」

秋子の声に記憶がいっきに戻った。

「尾村雪江さんだ。もしかしてこのマンションに？」

わたしも立ち上がり、大きな声をあげた。

「あの……」

「え、コーポ服部を出てから、隣りに引っ越したの？」

秋子が、尾村さんの言葉も聞かず矢継ぎ早にたずねる。

「まさかそんなことないよね。あれから三十年もここにいたわけないもんね。いつから？　いつからここに？」

尾村さんが小声で答えた。

「隣りに引っ越した。ずっとここにいた」

手紙とはちがって、寡黙な物書きのイメージのままだ。

「そうなの？　ここにいたの？」

思わずわたしは尾村さんに近寄った。幼なじみと再会したような感動だ。

「手紙、ありがとう」

秋子が先にそう言う。

「ごめん。遅くなって」

尾村さんが頭を下げる。

「ううん。教えてもらってよかった」

秋子の声がふるえている。

「ごめん。もっと早く」

わたしにも深く頭を下げる。

「ちがうちがう。若いときだったら素直に読めなかった。三十年もたってるから、受け入れられたの」

尾村さんの手を取って、わたしはそう言った。尾村さんの大きな瞳がうるみ、溜まった涙が下まぶたからあふれた。ゆび先がしだいに冷たくなってきた。

「教えてくれて、ありがとう」

あのころの尾村さんであれば、こんなに馴《な》れ馴れしい態度をきらうだろう。尾村さんも三十年、下北沢のコーポ服部のそばで生きてきたのだ。罪悪感を抱えたままで。

「オムライスもカレーパン、ここで食べない？」

秋子が尾村さんの提げている黄色い袋をゆび指す。尾村さんは袋に手を入れ一個取り出し、小袋から覗かせたところにかぶりついた。

「美味しいよね？」

さいそくするように秋子が訊き、カレーパンをかみしめながら尾村さんが頷く。

秋子とわたしも、袋から残りのもう一個、みそパンを取り出し、アルミカップをはがしながらかじった。

しばらく無言のまま三人でパンを食べた。

「ねえ、アッコ。わたし、さっき歩いてるときにね、ちはるに息子の将来、予言してもらったように錯覚した。ふしぎだよね」

「ちはるって、偉そうによく予言みたいなこと言ったよね」

秋子もおぼえているらしい。尾村さんにも、

「将来がわかるようなこと、言ってたよね」と訊くと、

「ああ、そうだった」と、ちはるの予言癖がわかっていたようだ。

「で、光太郎君の将来、なんて言ってた？」

「光太郎は自分のパンより、誰かのパンを先に選ぶ子どもだったからね、ひとを思いやることができる子どもはだいじょうぶだ。優しさってのは最強だ。絶対にいい大人になるって」

「よかったね。ちはるの予言は当たるよ」

「そういえば」

と尾村さんが小声で話す。

「オムライスってペンネーム、考えてくれたときも、これは絶対売れる名前だって断言してた」

「そうそう、ちはるはよく断言した。無責任にさ」

秋子が笑いながら言う。そして、

「無責任なんだけど、ちはるに断言されると、こっちがだんだん合わせてしまうんだよね」

とふしぎがる。

「オムライスってペンネームは、ちはるの最高傑作だよ」

秋子がそう言い、わたしも大きく頷いた。

「アッコもちはるに予言されたことなかったっけ？」

「私は……そういえば、おばあさんになってから主役で舞台に立つって言われたかな」

「あ、じゃあ、それ、アッコのほうから合わせなきゃ。ちはるの予言を大当たりにしてあげないと」

あー、大変だーと秋子は頭を抱えるしぐさをした。尾村さんも頬をゆるめた。わたしはこんなやりとりをしながら、さっきまでの胸のつかえが小さくなっているのを感じた。

「今日、アッコと尾村さんに会えて、わたしはちょっと楽になった」

秋子と尾村さんを交互に見ながらそう告げた。

「罪悪感は消えないんだよ。消えないんだけど……やっぱり昨日までと同じように、ほかの悩みも抱えながら生きていかないといけない。それはアッコも尾村さんも同じなんだって、そう思えたら、ちょっとだけ楽になった」

聞いていた秋子も、「そうだね」と言う。

「昨日まで、ちはるはどこかで元気に働いているって信じて生きてきたから、明日からもそう思っていないと、先へ進めない……。今日だけは、ちはるごめんねって、心のなかであやまる。そして明日からはまた自分の居場所に戻る。そうしないと……」

「それでいつか、奥尻に行こう。命日の七月十二日に合わせて」

「うん。そうだ」

尾村さんがカレーパンの最後のひと口を飲み込んだ。

「尾村さんも、もう自分を解放してあげていいと思う」

わたしの言葉に、しばらくうつむいてから尾村さんは首を横にふる。

「自分には今まで生きたなかで最悪な、どうしても忘れられない罪悪感になってる。ちはるとはもう永遠に会えないからよけいに。いつも、ちはるの念がまとわりついてくる。あれからずっと生きにくい」

鎌倉通りの向こうに日が沈み、西の空があざやかな夕焼け色になった。こんな色をいつか四人で見たことがある。コーポ服部の住人四人が酒屋の前でばったり会ったときだ。

若さに気づかなかったあのころは、こんなオレンジ色などあと何万回も見られると思っていた。

TROIS CHAMBRES

理夏様

あのとき約束した本ができました。

書きながら、私は理夏になり、アッコになり、ちはるにもなりました。

アッコが引っ越してくる前のちはるは、笑い声などあげることのない、純朴でさびしそうな少女でした。なんだかわるい男性が出入りして、お金を無心する怒鳴り声や、壁にからだを打ちつけられるような音が聞こえてきて、深夜になるとちはるはすすり泣いてばかりでした。親や姉弟とは上手くいっていないとも話していて、もしや自分から命を絶つのではと心配になるほどでした。

そんなちはるが、理夏とアッコとの三人で過ごすようになって、別人のように明るくなったのです。毎日毎日、アパートが揺れるほどの笑い声が聞こえ、そのなかで、ちはるの笑い声がいちばん大きく、いちばん楽しそうでした。

ちはるが災害で亡くなってしまった衝撃がつよ過ぎて、未熟な私は長いあいだ重く抱えたまま生きてきました。今さらですが、今回は自分のことよりも、ちはるはどう思っていたかを深く深く考えてみました。

どれだけ考えても、ちはるのなかには理夏の幸せとアッコの幸せを願う思いしかないのです。ふたりへの不信感など、少しも見あたりません。

ちはるは理夏とアッコを恨んではいません。

ふたりのことを、今でも励まして勇気づけたいと思っているはずです。

あの、コーポ服部で過ごした三人の日々は、間違いなくちはるが生涯でいちばん輝いていた時代です。一生分笑って楽しんで、仲間を愛した日々です。

今でも理夏とアッコの存在は、ちはるの誇りであり生きた証でもあるのです。

だから心配しなくてもだいじょうぶ。ちはるは必ずあなたの味方です。

それがわかって私自身が救われました。


それから、私はずっとここにいます。また下北沢で会いましょう。待っています。

オムライス

あとがき

下北沢のパン屋さん「アンゼリカ」を舞台にさせていただくにあたり、オーナーの林《はやし》のぶ子《こ》さんに了承を得、取材をさせていただきました。一部は事実ですが、従業員のこと、パンのレシピ、製造工程、みそパン誕生秘話などは著者の創作です。「アンゼリカ」は店を畳みましたが、現在は林さんが新潟県新潟市中央《ちゅうおう》区寄附町《きふちょう》の「ｍａｉｋｋａ．ｋｉ5」というパン屋さんでその味を引き継いでいます。

なお本文中のイラストを描いたアーティストの菅沼麻美《すがぬままみ》さんは著者の古い友人で、「アンゼリカ」に長く勤めたスタッフです。この物語を書く道筋を作ってくれました。おふたりに心より感謝いたします。ありがとうございます。ありがとう。

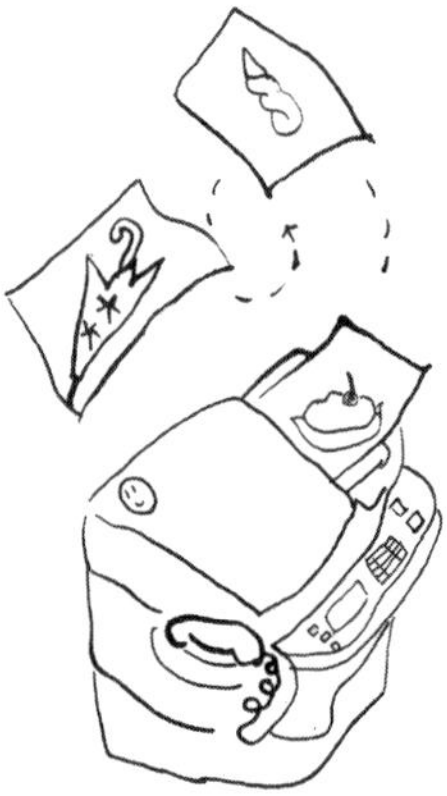

本作品は書下ろしです。

神田 茜（かんだ・あかね）

北海道生まれ。講談師・作家。2010年『女子芸人』で第6回新潮エンターテインメント大賞を受賞。著書に『ぼくの守る星』『七色結び』『母のあしおと』『シャドウ』などがある。

下北沢《しもきたざわ》であの日《ひ》の君《きみ》と待《ま》ち合《あ》わせ

2021年12月30日　初版１刷発行

著　者　神田《かんだ》 茜《あかね》

発行者　鈴木広和

発行所　株式会社 光文社

〒112-8011　東京都文京区音羽1-16-6

電話　編　集　部　03-5395-8254

書籍販売部　03-5395-8116

業　務　部　03-5395-8125

URL　光　文　社　https://www.kobunsha.com/

組　版　萩原印刷

印刷所　萩原印刷

製本所　ナショナル製本

落丁・乱丁本は業務部へご連絡くだされば、お取り替えいたします。

ISBN978-4-334-91439-4

JASRAC 出 2109560-101